魯迅雜文精選 10

經典新版

且介亭雜文

魯迅——著

萬家墨面沒蒿萊，
敢有歌吟動地哀；
心事浩茫連廣宇，
於無聲處聽驚雷。

魯迅

且介亭雜文

目錄

且介亭雜文

目錄

出版小引

還原歷史的真貌——讓魯迅作品自己說話

陳曉林

中國自有新文學以來，魯迅當然是引起最多爭議和震撼的作家。但無論是擁護魯迅的人士，或是反對魯迅的人士，至少有一項顯而易見的事實，是受到雙方公認的：魯迅是現代中國最偉大的作家。

時至今日，以魯迅作品為研究題材的論文與專書，早已俯拾皆是，汗牛充棟。全世界以詮釋魯迅的某一作品而獲得博士學位者，也早已不下百餘位之多。而中國大陸靠「核對」或「注解」魯迅作品為生的學界人物，數目上更超過台灣以「研究」孫中山思想為生的人物數倍以上。但遺憾的是，台灣的讀者卻始終無緣全面性地、無偏見地看到魯迅作品的真貌。

事實上，魯迅自始至終是一個文學家、思想家、雜文家，而不是一個翻雲覆雨的政治人物。中國大陸將魯迅捧抬為「時代的舵手」、「青年的導師」，固然是以政治手段扭曲了魯迅作品的真正精神；台灣多年以來視魯迅為「洪水猛獸」、「離經叛道」，不讓魯迅作品堂堂正正出現在讀者眼前，也是割裂歷史真相的笨拙行徑。試想，談現代中國文學，談三十年代作品，而竟獨漏了魯迅這個人和他的著作，豈止是造成半世紀來文學史「斷層」的主因？在明眼人看來，這根本是一個對文學毫無常識的、天大的笑話！

正因為海峽兩岸基於各自的政治目的，對魯迅作品作了各種各樣的扭曲或割裂；而研究魯迅作品的文人學者又常基於個人一己的好惡，而誇張或抹煞魯迅作品的某些特色，以致魯迅竟成為近代中國文壇最離奇的「謎」，及最難解的「結」。

其實，若是擱置激情或偏見，平心細看魯迅的作品，任何人都不難發現：

一、魯迅是一個真誠的人道主義者，他的作品永遠在關懷和呵護受侮辱、受傷害的苦難大眾。

二、魯迅是一個文學才華遠遠超邁同時代水平的作家，就純文學領域而言，他的《吶喊》、《徬徨》、《野草》、《朝花夕拾》，迄今仍是現代中國最夠深度、結構也最為嚴謹的小說與散文；而他所首創的「魯迅體雜文」，冷風熱血，犀利真摯，抒情析理，兼而有之，亦迄今仍無人可以企及。

三、魯迅是最勇於面對時代黑暗與人性黑暗的作家，他對中國民族性的透視，以及對專制勢力的抨擊，沉痛真切，一針見血。

四、魯迅是涉及論戰與爭議最多的作家，他與胡適、徐志摩、梁實秋、陳西瀅等人的筆戰，迄今仍是現代文學史上一樁樁引人深思的公案。

五、魯迅是永不迴避的歷史見證者，他目擊身歷了清末亂局、辛亥革命、軍閥混戰、黃埔北伐，以及國共分裂、清黨悲劇、日本侵華等一連串中國近代史上掀天揭地的鉅變，秉筆直書，言其所信，孤懷獨往，昂然屹立，他自言「橫眉冷對千夫指，俯首甘為孺子牛」，可見他的堅毅與孤獨。

現在，到了還原歷史真貌的時候了。隨著海峽兩岸文化交流的展開，再沒有理由讓魯迅作品長期被掩埋在謊言或禁忌之中了。對魯迅這位現代中國最重要的作家而言，還原歷史真貌最簡單、也最有效的方法，就是讓他的作品自己說話。

不要以任何官方的說詞、拼湊的理論，或學者的「研究」來混淆了原本文氣磅礡、光焰萬丈的魯迅作品；而讓魯迅作品如實呈現在每一個人面前，是魯迅的權利，也是每位讀者的權利。

恩怨俱了，塵埃落定。畢竟，只有真正卓越的文學作品是指向永恆的。

序言

近幾年來，所謂「雜文」的產生，比先前多，也比先前更受著攻擊。例如自稱「詩人」邵洵美[1]，前「第三種人」[2]施蟄存[3]和杜衡即蘇汶[4]，還不到一知半解程度的大學生林希雋[5]之流，就都和雜文有切骨之仇，給了種種罪狀的。然而沒有效，作者多起來，讀者也多起來了。

其實「雜文」也不是現在的新貨色，是「古已有之」的，凡有文章，倘若分類，都有類可歸，如果編年，那就只按作成的年月，不管文體，各種都夾在一處，於是成了「雜」。

分類有益於揣摩文章，編年有利於明白時勢，倘要知人論世，是非看編年的文集不可的，現在新作的古人年譜的流行，即證明著已經有許多人省悟了此中的消息。況且現在是多麼切迫的時候，作者的任務，是在對於有害的事物立刻給以反響或抗爭，是感應的神經，是攻守的手足。潛心於他的鴻篇巨制，為未來的文化設想，固然是很好的，但為現在抗爭，卻也正是為現在和未來的戰鬥的作者，因為失掉了現在，也就沒有了未來。

戰鬥一定有傾向。這就是邵施杜林之流的大敵，其實他們所憎惡的是內容，雖然披了文藝的法衣，裡面卻包藏著「死之說教者」[6]，和生存不能兩立。

這一本集子和《花邊文學》，是我在去年一年中，在官民的明明暗暗，軟軟硬硬的圍剿「雜文」的筆和刀下的結集，凡是寫下來的，全在這裡面。當然不敢說是詩史[7]，其中有著時代的眉目，也決不是英雄們的八寶箱，一朝打開，便見光輝燦爛。我只在深夜的街頭擺著一個地攤，所有的無非幾個小釘，幾個瓦碟，但也希望，並且相信有些人會從中尋出合於他的用處的東西。

一九三五年十二月三十日，記於上海之且介亭。[8]

【注釋】

1 邵洵美（一九〇六－一九六八）浙江餘姚人。曾創辦金屋書店，主編《金屋月刊》，提倡所謂唯美主義文學。他和章克標是《人言》週刊的「編輯同人」。該刊第一卷第三期（一九三四年三月）曾譯載魯迅用日文寫的《關於中國的兩三件事》一文中談監獄一節，文末的「編者注」中攻擊魯迅的雜文「強辭奪理」，「意氣多於議論，捏造多於實證」。參看《准風月談·後記》。

2 一九三三年十月，蘇汶（即杜衡）在《現代》月刊第一卷第三期發表《關於〈文新〉與胡秋原的文藝論辯》，文中自稱是居於反動文藝和左翼文藝之外的「第三種人」，鼓吹「文藝自由論」，攻擊左翼文藝運動。魯迅一九三四年四月十一日致增田涉的信中指出這些所謂「第三種人」自稱超黨派，其實是右派。

3 施蟄存，江蘇松江（今屬上海市）人，作家。曾主編《現代》月刊、《文飯小品》等。他在《文飯小品》第三期（一九三五年四月）發表的《服爾泰》中，說魯迅的雜文是「有宣傳作用而缺少文藝價值的東西」。

4 杜衡（一九〇六－一九六四）又名蘇汶，原名戴克崇，浙江杭縣（今餘杭）人，「第三種人」的代表人物。曾編輯《現代》月刊。他在上海《星火》第二卷第二期（一九三五年十一月一日）發表的《文壇的罵風》中說，「雜文的流行」是文壇上「一團糟的混戰」的「一個重要的原因」，「於是短論也，雜文也，差不多成為罵人文章的『雅稱』，於是，罵風四起，以至弄到今日這不可收拾的局勢。」

5 林希雋，廣東潮安人，當時上海大夏大學的學生。他在《現代》第五卷第五期（一九三四年九月）發表的《雜文和雜文家》中，說雜文的興盛，是因為「作家毀掉了自己以投機取巧的手腕來代替一個文藝作者的嚴肅的工作」。

6 原是尼采《札拉圖斯特拉如是說》第一卷第九篇的篇名，這裡借用其字面的意思。

7 意思是可以作為歷史看的詩，語見《新唐書·杜甫傳》：「甫又善陳時事，律切精深，至千言不少衰，世號『詩史』。」後也泛指能反映一個時代的作品。

8 當時作者住在上海北四川路，這個地區是「越界築路」（帝國主義者越出租界範圍修築馬路）區域，即所謂「半租界」。「且介」即取「租界」二字之各半。

一九三四年

關於中國的兩三件事[1]

一、關於中國的火

希臘人所用的火，聽說是在一直先前，普洛美修斯[2]從天上偷來的，但中國的卻和它不同，是燧人氏[3]自家所發見——或者該說是發明罷。因為並非偷兒，所以拴在山上，給老鵰去啄的災難是免掉了，然而也沒有普洛美修斯那樣的被傳揚，被崇拜。

中國也有火神[4]的。但那可不是燧人氏，而是隨意放火的莫名其妙的東西。

自從燧人氏發見，或者發明了火以來，能夠很有味的吃火鍋，點起燈來，夜裡也可以工作了，但是，真如先哲之所謂「有一利必有一弊」罷，同時也開始了火災，故意點上火，燒掉那有巢氏[5]所發明的巢的了不起的人物也出現了。

和善的燧人氏是該被忘卻的。即使傷了食，這回是屬於神農氏[6]的領域了，所以那神農氏至今還被人們所記得。至於火災，雖然不知道那發明家究竟是什麼人，但祖師總歸是有的，於是沒有法，只好漫稱之曰火神，而獻以敬畏。

看他的畫像，是紅面孔，紅鬍鬚，不過祭祀的時候，卻須避去一切紅色的東西，而代之以綠色。他大約像西班牙的牛一樣，一看見紅色，便會亢奮起來，做出一種可怕的行動的。[7]

他因此受著崇祀。在中國，這樣的惡神還很多。

然而，在人世間，倒似乎因了他們而熱鬧。賽會[8]也只有火神的，燧人氏的卻沒有。倘有火災，則被災的和鄰近的沒有被災的人們都要祭火神，以表感謝之意。被了災還要來表感謝之意，雖然未免有些出於意外，但若不祭，據說是第二回還會燒，所以還是感謝了的安全。而且也不但對於火神，就是對於人，有時也一樣的這麼辦，我想，大約也是禮儀的一種罷。

其實，放火，是很可怕的，然而比起燒飯來，卻也許更有趣。外國的事情我不知道，若在中國，則無論查檢怎樣的歷史，總尋不出燒飯和點燈的人們的列傳來。在社會上，即使怎樣的善於燒飯，善於點燈，也毫沒有成為名人的希望。然而秦始皇[9]一燒書，至今還儼然做著名人，至於引為希特拉[10]燒書事件的先例。假使希特拉太太善於開電燈，烤麵包罷，那麼，要在歷史上尋一點先例，恐怕可就難了。但是，幸而那樣的事，是不會哄動一世的。

燒掉房子的事，據宋人的筆記說，是開始於蒙古人的。因為他們住著帳篷，不知道住房子，所以就一路的放火[11]。然而，這是誑話。蒙古人中，懂得漢文的很少，所以不來更正的。其實，秦的末年就有著放火的名人項羽[12]在，一燒阿房宮，便天下聞名，至今還會在戲臺上出現，連在日本也很有名。然而，在未燒以前的阿房宮裡每天點燈的人們，又有誰知道他們的名姓呢？

現在是爆裂彈呀，燒夷彈呀之類的東西已經做出，加以飛機也很進步，如果要做名人，就更加容易了。而且如果放火比先前放得大，那麼，那人就也更加受尊敬，從遠處看去，恰如救世主[13]一樣，而那火光，便令人以為是光明。

二、關於中國的王道

在前年，曾經拜讀過中里介山氏[14]的大作《給支那及支那國民的信》。只記得那裡面說，周漢都有著侵略者的資質。而支那人都謳歌他，歡迎他了。連對於朔北的元和清，也加以謳歌了。只要那侵略有著安定國家之力，保護民生之實，那便是支那人民所渴望的王道，於是對於支那人的執迷不悟之點，憤慨得非常。

那「信」，在滿洲出版的雜誌上，是被譯載了的，但因為未曾輸入中國，所以像是回信的東西，至今一篇也沒有見。只在去年的上海報上所載的胡適[15]博士的談話裡，有的說，「只有一個方法可以征服中國，即徹底停止侵略，反過來征服中國民族的心。」不消說，那不過是偶然的，但也有些令人覺得好像是對於那信的答覆。

征服中國民族的心，這是胡適博士給中國之所謂王道所下的定義，然而我想，他自己恐怕也未必相信自己的話的罷。在中國，其實是徹底的未曾有過王道，「有歷史癖和考據癖」的胡博士該是不至於不知道的。

不錯，中國也有過謳歌了元和清的人們，但那是感謝火神之類，並非連心也全被征服了的證據。如果給與一個暗示，說是倘不謳歌，便將更加虐待，那麼，即使加以或一程度的虐待，也還可以使人們來謳歌。

四五年前，我曾經加盟於一個要求自由的團體[16]，而那時的上海教育局長陳德徵氏勃然大怒道，在三民主義的統治之下，還覺得不滿麼？那可連現在所給與著的一點自由也要收起了。而且，真的是收起了的。每當感到比先前更不自由的時候，我一面佩服著陳氏的精通王道的學識，一面有時也不免想，真該是謳歌三民主義的。然而，現在是已經太晚了。

在中國的王道，看去雖然好像是和霸道對立的東西，其實卻是兄弟[17]，這之前和之後，一定要有霸道跑來的。人民之所謳歌，就為了希望霸道的減輕，或者不更加重的緣故。

漢的高祖[18]，據歷史家說，是龍種，但其實是無賴出身，說是侵略者，恐怕有些不對的。至於周的武王[19]，則以征伐之名入中國，加以和殷似乎連民族也不同，用現代的話來說，那可是侵略者。然而那時的民眾的聲音，現在已經沒有留存了。

孔子和孟子[20]確曾大大的宣傳過那王道，但先生們不但是周朝的臣民而已，並且周遊歷國，有所活動，所以恐怕是為了想做官也難說。說得好看一點，就是因為要「行道」，倘做了官，於行道就較為便當，而要做官，則不如稱讚周朝之為便當的。然而，看起別的記載來，卻雖是那王道的祖師而且專家的周朝，當討伐之初，也有伯夷和叔齊扣馬而諫[21]，非拖開不可；紂的軍隊也加反抗，非使他們的血流到漂杵[22]不可。接著是殷民又造了反，雖然特別稱之曰「頑民」[23]，從王道天下的人民中除開，但總之，似乎究竟有了一種什麼破綻似的。好個王道，只消一個頑民，便將它弄得毫無根據了。

儒士和方士，是中國特產的名物。方士的最高理想是仙道，儒士的便是王道。但可惜的是這兩件在中國終於都沒有。據長久的歷史上的事實所證明，則倘說先前曾有真的王道者，是妄言，說現在還有者，是新藥。孟子生於周季，所以以談霸道為羞[24]，倘使生於今日，則跟著人類的智識範圍的展開，怕要羞談王道的罷。

三、關於中國的監獄

我想，人們是的確由事實而從新省悟，而事情又由此發生變化的。從宋朝到清朝的末年，許多年間，專以代聖賢立言的「制藝」[25]這一種煩難的文章取士，到得和法國打了敗仗[26]，這才省悟了這方法的錯誤。於是派留學生到西洋，開設兵器製造局，作為那改正的手段。

省悟到這還不夠，是在和日本打了敗仗之後[27]，這回是竭力開起學校來。於是學生們年年大鬧了。從清朝倒掉，國民黨掌握政權的時候起，才又省悟了這錯誤，作為那改正的手段的，是除了大造監獄之外，什麼也沒有了。

在中國，國粹式的監獄是早已各處都有的，到清末，就也造了一點西洋式，即所謂文明式的監獄。那是為了示給旅行到此的外國人而建造，應該與為了和外國人好互相應酬，特地派出去，學些文明人的禮節的留學生，屬於同一種類的。托了這福，犯人的待遇也還好，給洗澡，也給一定分量的飯吃，所以倒是頗為幸福的地方。但是，就在兩三禮拜前，政府因為要行仁政了，還發過一個不准剋扣囚糧的命令。從此以後，可更加幸福了。

至於舊式的監獄，則因為好像是取法於佛教的地獄的，所以不但禁錮犯人，此外還有給他吃苦的職掌。擠取金錢，使犯人的家屬窮到透頂的職掌，有時也會兼帶的。但大家都以為應該。如果有誰反對罷，那就等於替犯人說話，便要受惡黨[28]的嫌疑。

然而文明是出奇的進步了，所以去年也有了提倡每年該放犯人回家一趟，給以解決性欲的機會的，頗是人道主義氣味之說的官吏[29]。其實，他也並非對於犯人的性欲特別表著同情，不過因為總不愁竟會實行的，所以也就高聲嚷一下，以見自己的作為官吏的存在。然而輿論頗為沸騰了。有一位批評家，還以為這麼一來，大家便要不怕牢監，高高興興的進去了，很為世道人心憤慨了一下[30]。受了所謂聖賢之教那麼久，竟還沒有那位官吏的圓滑，固然也令人覺得誠實可靠，然而他的意見，是以為對於犯人非加虐待不可，卻也因此可見了。

從別一條路想，監獄確也並非沒有不像以「安全第一」為標語的人們的理想鄉的地方。火災極少，偷兒不來，土匪也一定不來搶。即使打仗，也決沒有以監獄為目標，施行轟炸的傻子；即使革命，有釋放囚犯的例，而加以屠戮的是沒有的。當福建獨立[31]之初，雖有說是釋放犯人，而一到外面，和他們自己意見不同的人們倒反而失蹤了的謠言，然而這樣的例子，以前是未曾有過的。總而言之，似乎也並非很壞的處所。只要准帶家眷，則即使不是現在似的大水，饑荒，戰爭，恐怖的時候，請求搬進去住的人們，也未必一定沒有的。於是虐待就成為必不可少了。

牛蘭[32]夫婦作為赤化宣傳者而關在南京的監獄裡，也絕食了三四回了，可是什麼效力也沒有。這是因為他不知道中國的監獄的精神的緣故。有一位官員詫異的說過：他自己不吃，和別人有什麼關係呢？豈但和仁政並無關係而已呢，省些食料，倒是於監獄有益的。甘地[33]的把戲，倘不挑選興行場[34]，就毫無成效了。

然而，在這樣的近於完美的監獄裡，卻還剩著一種缺點。至今為止，對於思想上的事，都沒有很留心。為要彌補這缺點，是在近來新發明的叫作「反省院」的特種監獄裡施著教育。我還沒有到那裡面去反省過，所以並不知道詳情，但要而言之，好像是將三民主義時時講給犯人聽，使他反省著自己的錯誤。聽人說，此外還得做排擊共產主義的論文。如果不肯做，或者不能做，那自然非終身反省不可了，而做得不夠格，也還是非反省到死則不可。現在是進去的也有，出來的也有，因為聽說還得添造反省院，可見還是進去的多了。考完放出的良民，偶爾也可以遇見，但彷彿大抵是萎靡不振，恐怕是在反省和畢業論文上，將力氣使盡了罷。那前途，是在沒有希望這一面的。

【注釋】

1 本篇最初發表於一九三四年三月號日本《改造》月刊，參看本書《附記》。

2 通譯普羅米修斯，希臘神話中的神。相傳他從主神宙斯那裡偷了火種給人類，受到宙斯的懲罰，被釘在高加索山的岩石上，讓神鷹啄食他的肝臟。

3 我國傳說中最早鑽木取火的人，遠古三王之一。

4 傳說不一。一說指祝融，見羅泌《路史．前紀》卷八；一說指回祿，見《左傳》昭公十八年及其注疏。

5 我國傳說中發明樹上搭巢居住的人，遠古三王之一。

6 我國傳說中發明製作農具、教人耕種的人，遠古三王之一。又傳說他曾嘗百草，發現藥材，教人治病。

7 西班牙以前有鬥牛的風俗，鬥牛士手持紅布對牛撩撥，待牛以角向他觸去，鬥牛士即與之搏鬥。

8 也稱賽神，舊時的一種迷信習俗。用儀仗、鼓樂和雜戲等迎神出廟，周遊街巷，以酬神祈福。

9 秦始皇（前二五九—前二一〇）姓嬴名政。戰國時秦國國君，西元前二二一年建立了我國歷史上第一個中央集權的封建王朝。始皇三十四年（前二一三），他採納丞相李斯的建議，下令將秦以外的各國史書和民間所藏除農書和醫書以外的古籍盡行焚毀。

10 希特拉（Ahitler，一八八九—一九四五）通譯希特勒，德國納粹黨頭子，第二次世界大戰的禍首之一。一九三三年他擔任內閣總理後，實行法西斯統治，燒毀進步書籍和一切所謂「非德國思想」的書籍。關於引秦始皇為希特勒焚書先例的論調，作者在《准風月談·華德焚書異同論》中曾作過分析，可參看。

11 宋代莊季裕《雞肋編》卷中載：「靖康之後，金虜侵凌中國，露居異俗，凡所經過，盡皆焚爇。」

12 項羽（前二三二—前二〇二）下相（今江蘇宿遷）人，秦末農民起義領袖。秦亡後自立為西楚霸王，後為劉邦所敗。據《史記·項羽本紀》載：他攻破咸陽後，「燒秦宮室，火三月不滅」。阿房宮，秦始皇時建築的宮殿，遺址在今陝西西安市西阿房村。

13 基督教徒對耶穌的稱呼。《新約·馬太福音》說基督所在之處，都有大光照耀。

14 中里介山（一八八五—一九四四）日本通俗小說家，著有歷史小說《大菩薩山卡》。他的《給支那和支那國民的一封信》，一九三一年（昭和六年）日本春陽堂出版。

15 胡適（一八九一—一九六二）字適之，安徽績溪人。早年留學美國，曾獲美國哥倫比亞大學哲學博士學位，回國後任北京大學教授。他當時積極支持國民黨政府的內外政策。這裡所引的這段話，是他一九三三年三月十八日在北平對記者的談話，載同年三月二十二日《申報·北平通訊》。下文的「有歷史癖和考據癖」，是他在一九二〇年七月所寫的《〈水滸傳〉考證》中的話：「我最恨中國史家說的什麼『作史筆法』，但我卻有點『歷史癖』；我又最恨人家咬文嚼字的評文，但我卻又有點『考據癖』！」

16 指中國自由運動大同盟，中國共產黨支持和領導下的革命群眾團體，一九三〇年二月成立於上海，它的宗旨是爭取言論、出版、結社、集會等自由，反對國民黨的反動統治。

17 關於王道和霸道之說，《孟子·公孫丑》載有孟軻的話：「以力假仁者霸，霸必有大國；以德行仁者王，王不待大……以力服人者，非心服也，力不贍也；以德服人者，中心悅而誠服也。」又《漢書·元帝紀》：「漢家自有制度，本以霸王道雜之。」

18 即劉邦（前二四七－前一九五），沛（今江蘇沛縣）人，秦末農民起義領袖，漢朝的建立者。據《史記·高祖本紀》載：「高祖……父曰太公，母曰劉媼，其先劉媼嘗息大澤之陂，夢與神遇。是時雷電晦冥，太公往視，則見交龍於其上。已而有身，遂產高祖。」又說他「不事家人生產作業……好酒及色。常從王媼、武負貰酒」。

19 周武王姓姬名發，殷末周族領袖。西元前十一世紀，他聯合西北和西南各族起兵進入中原，滅殷後建立周王朝。

20 孔子（前五五一－前四七九）名丘，字仲尼，春秋末期魯國陬邑（今山東曲阜）人，儒家學派的創始者。

孟子（約前三七二－前二八九），名軻，字子輿，戰國時鄒（今山東鄒縣東南）人，他繼承並發揮了儒家學說，成為孔丘以後的又一儒家代表人物。

21 據《史記·伯夷列傳》載：「伯夷、叔齊，孤竹君之二子也。……聞西伯昌善養老，盍往歸焉。及至，西伯卒，武王載木主，號為文王，東伐紂。伯夷、叔齊叩馬而諫曰：『父死不葬，爰及干戈，可謂孝乎？以臣弑君，可謂仁乎？』左右欲兵之。太公曰：『此義人也，扶而去之。』」

22 據《尚書．武成》載：「甲子昧爽，受（紂）率其旅若林，會於牧野。罔有敵於我師，前徒倒戈，攻於後以北，血流漂杵。」

23 據《史記．殷本紀》載：「周武王崩，武庚（商紂之子）與管叔、蔡叔作亂，成王命周公誅之。」又《尚書．多士》載：「成周（今洛陽）既成，遷殷頑民。」據唐代孔穎達疏：「頑民，謂殷之大夫、士從武庚叛者；以其無知，謂之頑民。」

24 據《孟子．梁惠王》載：「齊宣王問曰：『齊桓、晉文之事，可得聞乎？』孟子對曰：『仲尼之徒，無道桓、文之事者，是以後世無傳焉，臣未之聞也。』」據宋代朱熹《集注》：「仲尼之門，五尺童子羞稱五霸，為其先詐力而後仁義也。」

25 也稱制義。科舉考試時規定的文體。在明清兩代指摘取「四書」、「五經」中文句命題、立論的八股文。

26 指一八八四年至一八八五年的中法戰爭。戰爭的結果是清政府與法國簽訂了不平等的《中法新約》。

27 指一八九四年至一八九五年的中日戰爭（即甲午戰爭）。清政府在戰敗後與日本簽訂了喪權辱國的《馬關條約》。

28 這裡是反語，當時國民黨反動派曾用「匪黨」等字眼誣稱中國共產黨。

29 一九三三年四月四日《申報》「南京專電」稱：「司法界某要人談……壯年犯之性欲問題，依照理論，人民犯罪，失去自由，而性欲不在剝奪之列，歐美文明國家，定有犯人假期……每年得請假返家五天或七天，解決其性欲。」

30 一九三三年八月二十日出版的《十日談》第二期載有郭明的《自由監獄》一文，其中說：「最近司法當局復有關於囚犯性欲問題之討論……本來，囚禁制度……是國家給予犯罪者一個自省而改過的機會……監獄痛苦盡人皆知，不法犯罪，乃自討苦吃，百姓既有戒心，或者可以不敢犯法；對付小人，此亦天機一條也。」

31 指一九三三年十一月在福建發生的政變。一九三二年一月二十八日在上海抗擊進犯日軍的十九路軍，被蔣介石調往福建進行反共內戰。該軍廣大官兵在中國共產黨抗日主張的影響下，反對蔣介石投降日本的政策，不願和紅軍作戰。一九三三年十一月，十九路軍將領聯合國民黨內一部分勢力，在福建省成立「中華共和國人民革命政府」，並與紅軍成立抗日反蔣協定，但不久即在蔣介石的兵力壓迫下失敗。

32 牛蘭（Naulen）即保羅．魯埃格（Paul Ruegg），原籍波蘭，「泛太平洋產業同盟」上海辦事處秘書，共產國際派駐中國的工作人員。一九三一年六月十七日牛蘭夫婦同在上海被國民黨政府拘捕，送往南京監禁，次年七月一日以「危害民國」罪受審。牛蘭不服，於七月二日起進行絕食鬥爭。宋慶齡、蔡元培等曾組織「牛蘭夫婦營救委員會」營救。一九三七年日本侵佔南京前夕出獄。

33 甘地（Mohandas Karamchand Gandhi，一八六九—一九四八）印度民族獨立運動的領袖。他主張「非暴力抵抗」，倡導對英國殖民政府「不合作運動」，曾屢遭監禁，在獄中多次以絕食表示反抗。

34 日語，戲場的意思。

答國際文學社問[1]

原問——

一、蘇聯的存在與成功，對於你怎樣（蘇維埃建設的十月革命，對於你的思想的路徑和創作的性質，有什麼改變）？

二、你對於蘇維埃文學的意見怎樣？

三、在資本主義的各國，什麼事件和種種文化上的進行，特別引起你的注意？

一，先前，舊社會的腐敗，我是覺到了的，我希望著新的社會的起來，但不知道這「新的」該是什麼；而且也不知道「新的」起來以後，是否一定就好。待到十月革命後，我才知道這「新的」社會的創造者是無產階級，但因為資本主義各國的反宣傳，對於十月革命還有些冷淡，並且懷疑。現在蘇聯的存在和成功，使我確切的相信無階級社會一定要出現，不但完全掃除了懷疑，而且增加許多勇氣了。但在創作上，則因為我不在革命的漩渦中心，而且久不能到各處去考察，所以我大約仍然只能暴露舊社會的壞處。

二，我只能看別國——德國，日本——的譯本。我覺得現在的講建設的，還是先前的講戰鬥的——如《鐵甲列車》，《毀滅》，《鐵流》[2]等——於我有興趣，並且有益。我看蘇維埃文學，是大半因為想紹介給中國，而對於中國，現在也還是戰鬥的作品更為緊要。

三，我在中國，看不見資本主義各國之所謂「文化」；我單知道他們和他們的奴才們，在中國正在用力學和化學的方法，還有電氣機械，以拷問革命者，並且用飛機和炸彈以屠殺革命群眾。

【注釋】

1 本篇最初發表於《國際文學》一九三四年第三、四期合刊，發表時題為《中國與十月》，同年七月五日蘇聯《真理報》曾予轉載。《國際文學》，雙月刊，國際革命作家聯盟的機關刊物，以俄、德、英、法等文字在蘇聯出版，原名《外國文學消息》，一九三〇年十一月改稱《世界革命文學》，一九三三年改名為

《國際文學》。

2 全名《鐵甲列車第十四―六九號》，伊凡諾夫著，侍桁譯，係魯迅所編《現代文藝叢書》之一，一九三二年神州國光社出版。《毀滅》，法捷耶夫作，魯迅譯，一九三一年三閒書屋出版；《鐵流》，綏拉菲摩維支作，曹靖華譯，一九三一年三閒書屋出版。這些都是以蘇聯國內戰爭為題材的長篇小說。

《草鞋腳》小引[1]

在中國，小說是向來不算文學的。在輕視的眼光下，自從十八世紀末的《紅樓夢》[2]以後，實在也沒有產生什麼較偉大的作品。小說家的侵入文壇，僅是開始「文學革命」運動[3]，即一九一七年以來的事。自然，一方面是由於社會的要求的，一方面則是受了西洋文學的影響。

但這新的小說的生存，卻總在不斷的戰鬥中。最初，文學革命者的要求是人性的解放，他們以為只要掃蕩了舊的成法，剩下來的便是原來的人，好的社會了，於是就遇到保守家們的迫壓和陷害。大約十年之後，階級意識覺醒了起來，前進的作家就都成了革命文學者，而迫害也更加厲害，禁止出版，燒掉書籍，殺戮作家，有許多青年，竟至於在黑暗中，將生命殉了他的工作了。

這一本書，便是十五年來的，「文學革命」以後的短篇小說的選集。因為在我們還算是新的嘗試，自然不免幼稚，但恐怕也可以看見它恰如壓在大石下面的植物一般，雖然並不繁榮，它卻在曲曲折折地生長。

至今為止，西洋人講中國的著作，大約比中國人民講自己的還要多。不過這些總不免只是西洋人的看法，中國有一句古諺，說：「肺腑而能語，醫師面如土。」[4]我想，假使肺腑真能說話，怕也未必一定完全可靠的罷，然而，也一定能有醫師所診察不到，出乎意外，而其實是十分真實的地方。

一九三四年三月二十三日，魯迅記於上海。

【注釋】

1 本篇在收入本書前未在報刊上發表過，參看本書《附記》。《草鞋腳》，魯迅應美國人伊羅生之約和茅盾共同編選的中國現代短篇小說集，共收作品二十六篇，由伊羅生等譯成英文，當時未能出版，後經重編，於一九七四年由美國麻省理工學院出版社印行。

2 長篇小說，清代曹雪芹作。通行一百二十回本，後四十回一般認為是清代高鶚所續。

3 指「五四」前後反對舊文學、提倡新文學的運動。一九一七年二月陳獨秀在《新青年》第二卷第六號發表《文學革命論》一文，首次提出文學革命的口號。一九一八年五月起魯迅陸續發表了《狂人日記》、《孔乙己》、《藥》等小說，「顯示了『文學革命』的實績」。（《且介亭雜文二

集．〈中國新文學大系〉小說二集序》）

4 見明代楊慎編輯的《古今諺》所錄方回《山經》引《相塚書》：「山川而能語，葬師食無所；肺肝而能語，醫師色如土。」清代沈德潛編《古詩源》卷一亦載有此詩，「肺肝」作「肺腑」。

論「舊形式的採用」[1]

「舊形式的採用」的問題，如果平心靜氣的討論起來，在現在，我想是很有意義的，但開首便遭到了耳耶[2]先生的筆伐。「類乎投降」，「機會主義」，這是近十年來「新形式的探求」的結果，是克敵的咒文，至少先使你惹一身不乾不淨。但耳耶先生是正直的，因為他同時也在譯《藝術底內容和形式》[3]，一經登完，便會洗淨他激烈的責罰；而且有幾句話也正確的，是他說新形式的探求不能和舊形式的採用機械的地分開。

不過這幾句話已經可以說是常識；就是說內容和形式不能機械的地分開，也已經是常識；還有，知道作品和大眾不能機械的地分開，也當然是常識。舊形式為什麼只是「採用」——但耳耶先生卻指為「為整個（！）舊藝術捧場」——就是為了新形式的探求。採取若干，和「整個」捧來是不同的，前進的藝術家不能有這思想

（內容）。

然而他會想到採取舊藝術，因為他明白了作品和大眾不能機械的地分開。以為藝術是藝術家的「靈感」的爆發，像鼻子發癢的人，只要打出噴嚏來就渾身舒服，一了百了的時候已經過去了，現在想到，而且關心了大眾。這是一個新思想（內容），由此而在探求新形式，首先提出的是舊形式的採取，這採取的主張，正是新形式的發端，也就是舊形式的蛻變，在我看來，是既沒有將內容和形式機械的地分開，更沒有看得《姊妹花》[4]叫座，於是也來學一套的投機主義的罪案的。

自然，舊形式的採取，或者必須說新形式的探求，都必須藝術學徒的努力的實踐，但理論家或批評家是同有指導，評論，商量的責任的，不能只斥他交代未清之後，便可逍遙事外。我們有藝術史，而且生在中國，即必須翻開中國的藝術史來。採取什麼呢？我想，唐以前的真跡，我們無從目睹了，但還能知道大抵以故事為題材，這是可以取法的；在唐，可取佛畫的燦爛，線畫的空實和明快，宋的院畫[5]萎靡柔媚之處當捨，周密不苟之處是可取的，米點山水[6]則毫無用處。後來的寫意畫（文人畫）有無用處，我此刻不敢確說，恐怕也許還有可用之點的罷。

這些採取，並非斷片的古董的雜陳，必須溶化於新作品中，那是不必贅說的事，恰如吃用牛羊，棄去蹄毛，留其精粹，以滋養及發達新的生體，決不因此就會「類乎」牛羊的。

只是上文所舉的，亦即我們現在所能看見的，都是消費的藝術。它一向獨得有力者的寵愛，所以還有許多存留。但既有消費者，必有生產者，所以一面有消費者的藝術，一面也有生產者的藝術。古代的東西，因為無人保護，除小說的插畫以外，我們幾乎什麼也看不見了。至於現在，卻還有市上新年的花紙，和猛克[7]先生所指出的連環圖畫。這些雖未必是真正的生產者的藝術，但和高等有閒者的藝術對立，是無疑的。

但雖然如此，它還是大受著消費者藝術的影響，例如在文學上，則民歌大抵脫不開七言的範圍，在圖畫上，則題材多是士大夫的部事，然而已經加以提煉，成為明快，簡捷的東西了。這也就是蛻變，一向則謂之「俗」。注意於大眾的藝術家，來注意於這些東西，大約也未必錯，至於仍要加以提煉，那也是無須贅說的。

但中國的兩者的藝術，也有形似而實不同的地方，例如佛畫的滿幅雲煙，是豪華的裝璜，花紙也有一種硬填到幾乎不見白紙的，卻是惜紙的節儉；唐伯虎[8]畫的細腰纖手的美人，是他一類人們的欲得之物，花紙上也有這一種，在賞玩者卻只以為世間有這一類人物，聊資博識，或滿足好奇心而已。為大眾的畫家，都無須避忌。

至於謂連環圖畫不過圖畫的種類之一，與文學中之有詩歌，戲曲，小說相同，那自然是不錯的。但這種類之別，也仍然與社會條件相關聯，則我們只要看有時盛行詩歌，有時大出小說，有時獨多短篇的史實便可以知道。因此，也可以知道即與內容相關聯。現在社會上的流行連環圖畫，即因為它有流行的可能，且有流行的必要，著眼於此，因而加以導引，正是前進的藝術家的正確的任務；為了大眾，力求易懂，也正是前進的藝術家正確的努力。舊形式是採取，必有所刪除，既有刪除，必有所增益，這結果是新形式的出現，也就是變革。而且，這工作是決不如旁觀者所想的容易的。

但就是立有了新形式罷，當然不會就是很高的藝術。藝術的前進，還要別的文化工作的協助，某一文化部門，要某一專家唱獨腳戲來提得特別高，是不妨空談，卻難做到的事，所以專責個人，那立論的偏頗和偏重環境的是一樣的。

五月二日。

【注釋】

1 本篇最初發表於一九三四年五月四日上海《中華日報．動向》，署名常庚。

2 即聶紺弩，湖北京山人，作家，「左聯」成員。當時任《中華日報》副刊《動向》主編。一九三四年四月二十四日他在《動向》上發表了《新形式的探求與舊形式的採用》，反駁四月十九日同刊猛克的《採用與模仿》一文。猛克文中說：「在社會制度沒有改革之前，對於連環圖畫的舊形式與技術，還須有條件地接受過來……卻有人以為這是投降舊藝術。」又說新的連環圖畫「形式與街頭流行的連環圖畫頗不同，而技術有的也模仿著立體派之類，不但常常弄得兒童看不懂，就是知識階級的人們，也無法瞭解其內容。」耳耶的文章中則認為這些話「非常之類乎『投降』」，「把內容與形式這樣機械地分開……因為舊藝術內面有一二接近大眾的東西，就這樣為整個舊藝術捧場。」接著又說：「一小部分舊藝術之能為大眾『瞭解』、『習慣』、『愛好』，有種種複雜的原因存在……要談採用舊形式，不先從這些決定的原因上加以詳細的研究，看見《啼笑姻緣》銷路廣，《姊妹花》賣座好就眼紅，這是機會主義的辦法。」最後他說：「要藝術大眾化，只有一條路，就是新形式的探求……只有在新形式的探求的努力之中，才可以談有條件地採用舊形式。」

3 日本藏原惟人所作的論文。譯文在一九三四年四月二十四日至五月十日《動向》上連載。

4 鄭正秋根據他自己所作舞臺劇《貴人與犯人》改編和導演的故事片，上海明星影片公司攝製。一九三四年二月在上海上映。

5 指宋代「翰林圖畫院」中宮廷畫家的作品。它們在形式上都以工整、細緻為主要特點。

6 指宋代米芾、米友仁父子的山水畫。米芾（一〇五一－一一〇七）、米友仁（一〇七四－一一五三），潤州（今江蘇鎮江）人。他們的畫不取工細，自創一種皴法，以筆尖橫點而成，被稱為米點山水。

7 魏猛克，湖南長沙人，美術工作者。中國左翼作家聯盟成員。

8 唐伯虎（一四七〇－一五二三）名寅，字伯虎，吳縣（今屬江蘇）人，明代文學家、畫家，擅長山水、仕女畫。

連環圖畫瑣談[1]

「連環圖畫」的擁護者，看現在的議論，是「啟蒙」之意居多的。

古人「左圖右史」，現在只剩下一句話，看不見真相了，宋元小說，有的是每頁上圖下說，卻至今還有存留，就是所謂「出相」；明清以來，有卷頭只畫書中人物的，稱為「繡像」。有畫每回故事的，稱為「全圖」。那目的，大概是在誘引未讀者的購讀，增加閱讀者的興趣和理解。

但民間另有一種《智燈難字》或《日用雜字》，是一字一像，兩相對照，雖可看圖，主意卻在幫助識字的東西，略加變通，便是現在的《看圖識字》。文字較多的是《聖諭像解》[2]，《二十四孝圖》[3]等，都是借圖畫以啟蒙，又因中國文字太難，只得用圖畫來濟文字之窮的產物。

「連環圖畫」便是取「出相」的格式，收《智燈難字》的功效的，倘要啟蒙，實在也是一種利器。

但要啟蒙，即必須能懂。懂的標準，當然不能俯就低能兒或白癡，但應該著眼於一般的大眾，譬如罷，中國畫是一向沒有陰影的，我所遇見的農民，十之九不贊成西洋畫及照相，他們說：人臉那有兩邊顏色不同的呢？西洋人的看畫，是觀者作為站在一定之處的，但中國的觀者，卻向不站在定點上，所以他說的話也是真實。

那麼，作「連環圖畫」而沒有陰影，我以為是可以的；人物旁邊寫上名字，也可以的，甚至於表示做夢從人頭上放出一道毫光來，也無所不可。觀者懂得了內容之後，他就會自己刪去幫助理解的記號。這也不能謂之失真，因為觀者既經會得了內容，便是有了藝術上的真，倘必如實物之真，則人物只有二三寸，就不真了，而沒有和地球一樣大小的紙張，地球便無法繪畫。

艾思奇[4]先生說：「若能夠觸到大眾真正的切身問題，那恐怕愈是新的，才愈能流行。」這話也並不錯。不過要商量的是怎樣才能夠觸到，觸到之法，「懂」是最要緊的，而且能懂的圖畫，也可以仍然是藝術。

五月九日。

【注釋】

1 本篇最初發表於一九三四年五月十一日《中華日報·動向》，署名燕客。

2 清代梁延年編，共二十卷。清康熙九年（一六七〇）曾頒布「敦孝弟、篤宗族、和鄉黨、重農桑……」等「上諭」十六條，「以為化民成俗之本」。《聖諭像解》即根據這些「上諭」配圖和解說的書。編者在序文中說：「摹繪古人事跡於上諭之下，並將原文附載其後……且粗為解說，使易通曉。」

3 元代郭居敬輯錄古代所傳孝子二十四人的故事，編為《二十四孝》，後來的印本都配上圖畫，通稱《二十四孝圖》。

4 艾思奇（一九一〇—一九六六）雲南騰衝人，哲學家。他在發表於一九三四年五月六日《動向》的《連環圖畫還大有可為》中說：「我以為若有活生生的新內容新題材，則就要大膽地應用新的手法以求其盡可能的完善，大眾是決不會不被吸引的，若能夠觸到大眾真正的切身問題，那恐怕愈是新的，才愈能流行。藝術的可貴是在於能提高群眾的認識，決不是要迎合他們俗流的錯覺。」

儒術[1]

元遺山[2]在金元之際，為文宗，為遺獻，為願修野史，保存舊章的有心人，明清以來，頗為一部分人士所愛重。然而他生平有一宗疑案，就是為叛將崔立[3]頌德者，是否確實與他無涉，或竟是出於他的手筆的文章。

金天興元年（一二三二），蒙古兵圍洛陽；次年，安平都尉京城西面元帥崔立殺二丞相，自立為鄭王，降於元。懼或加以惡名，群小承旨，議立碑頌功德，於是在文臣間，遂發生了極大的惶恐，因為這與一生的名節相關，在個人是十分重要的。

當時的情狀，《金史》《王若虛[4]傳》這樣說——

「天興元年，哀宗走歸德。明年春，崔立變，群小附和，請為立建功德碑。翟奕以尚書省命，召若虛為文。時奕輩恃勢作威，人或少忤，則讒搆立見屠滅。若虛自分必死，私謂左右司員外郎元好問曰，『今召我作碑，不從則死，作之則名節掃地，不若死之為愈。雖然，我姑以理諭之。』……奕輩不能奪，乃召太學生劉祁麻革輩赴省，好問張信之喻以立碑事曰，『眾議屬二君，且已白鄭王矣！二君其無讓。』祁等固辭而別。數日，促迫不已，祁即為草定，以付好問。好問意未愜，乃自為之，既成，以示若虛，乃共刪定數字，然止直敘其事而已。後兵入城，不果立也。」

碑雖然「不果立」，但當時卻已經發生了「名節」的問題，或謂元好問作，或謂劉祁[5]作，文證具在清凌廷堪[6]所輯的《元遺山先生年譜》中，茲不多錄。經其推勘，已知前出的《王若虛傳》文，上半據元好問《內翰王公墓表》，後半卻全取劉祁自作的《歸潛志》，被誣攀之說所蒙蔽了。凌氏辯之云，「夫當時立碑撰文，不過畏崔立之禍，非必取文辭之工，有京叔屬草，已足塞立之請，何取更為之耶？」然則劉祁之未嘗決死如王若虛，固為一生大玷，但不能更有所推諉，以致成為「塞責」之具，卻也可以說是十分晦氣的。

然而，元遺山生平還有一宗大事，見於《元史》《張德輝》[7]傳——

「世祖在潛邸，……訪中國人材。德輝舉魏璠，元裕，李冶等二十餘人。……壬子，德輝與元裕北覲，請世祖為儒教大宗師，世祖悅而受之。因啟：累朝有旨蠲儒戶兵賦，乞令有司遵行。從之。」

以拓跋魏的後人與德輝，請蒙古小酋長為「漢兒」的「儒教大宗師」，在現在看來，未免有些滑稽，但當時卻似乎並無訾議。蓋蠲除兵賦，「儒戶」均沾利益，清議操之於士，利益既沾，雖已將「儒教」呈獻，也不想再來開口了。

由此士大夫便漸漸的進身，然終因不切實用，又漸漸的見棄。但仕路日塞，而南北之士的相爭卻也日甚了。余闕[8]的《青陽先生文集》卷四《楊君顯民詩集序》云——

「我國初有金宋，天下之人，惟才是用之，無所專主，然用儒者為居多也。自至元以下，始浸用吏，雖執政大臣，亦以吏為之，……而中州之士，見用者遂浸寡。況南方之地遠，士多不能自至於京師，其抱才緼者，又往往不屑為吏，故其見用者尤寡也。及其久也，則南北之士亦自町畦以相訾，甚若晉之與秦，不可與同中國，故夫南方之士微矣。」

然在南方，士人其實亦並不冷落。同書《送范立中赴襄陽詩序》云——

「宋高宗南遷，合淝遂為邊地，守臣多以武臣為之。……故民之豪傑者，皆去而為將校，累功多至節制。郡中衣冠之族，惟范氏，商氏，葛氏三家而已。……皇元受命，包裹兵革，……諸武臣之子弟，無所用其能，多伏匿而不出。春秋月朔，郡太守有事於學，衣深衣，戴烏角巾，執籩豆罍爵，唱贊道引者，皆三家之子孫也，故其材皆有所成就，至學校官，累累有焉。……雖天道忌滿惡盈，而儒者之澤深且遠，從古然也。」

這是「中國人才」們獻教，賣經以來，「儒戶」所食的佳果。雖不能為王者師，且次於吏者數等，而究亦勝於將門和平民者一等，「唱贊道引」，非「伏匿」者所敢望了。

中華民國二十三年五月二十日及次日，上海無線電播音由馮明權先生講給我們一種奇書：《抱經堂勉學家訓》（據《大美晚報》）。這是從未前聞的書，但看見下署「顏子推」[9]，便可以悟出是顏之推《家訓》中的《勉學篇》了。曰「抱經堂」者，當是因為曾被盧文弨[10]印入《抱經堂叢書》中的緣故。所講有這樣的一段——

「有學藝者，觸地而安。自荒亂已來，諸見俘虜，雖百世小人，知讀《論語》《孝經》者，尚為人師；雖千載冠冕，不曉書記者，莫不耕田養馬。以此觀之，汝可不自勉耶？若能常保數百卷書，千載終不為小人也。……諺曰，『積財千萬，不如薄伎在身。』伎之易習而可貴者，無過讀書也。」

這說得很透徹：易習之伎，莫如讀書，但知讀《論語》《孝經》，則雖被俘虜，猶能為人師，居一切別的俘虜之上。這種教訓，是從當時的事實推斷出來的，但施之於金元而準，按之於明清之際而亦準。現在忽由播音，以「訓」聽眾，莫非選講者已大有感於方來，遂綢繆於未雨麼？

「儒者之澤深且遠」，即小見大，我們由此可以明白「儒術」，知道「儒效」了。

五月二十七日。

【注釋】

1 本篇最初發表於一九三四年六月北平《文史》月刊第一卷第二期，署名唐俟。

2 元遺山（一一九〇—一二五七）即元好問，字裕之，號遺山，秀容（今山西忻縣）人，金代文學家。原是北魏拓跋氏的後裔，曾任行尚書省左司員外郎等職。金亡不仕。據《金史·元德明傳》載：「兵後故老皆盡，好問蔚為一代宗工……晚年尤以著作自任，以金源氏有天下，典章法度幾及漢唐，國亡史作，己所當任……乃構亭於家，著述其上，因名曰『野史』。凡金源君臣遺言往行，採摭所聞，有所得，輒以寸紙細字為記錄，至百餘萬言。」著有《遺山集》。

3 崔立（？—一二三四）將陵（今山東德州）人。原為地主武裝軍官，金天興元年（一二三二）在蒙古軍圍汴京時受任為西面元帥。次年叛變，將監國的梁王及皇族送往蒙古軍營乞降。後為部將所殺。

4 王若虛（一一七四—一二四三）字從之，藁城（今屬河北）人，金代文學家。曾任翰林直學士。金亡不仕，自號滹南遺老，著有《滹南遺老集》。

5 劉祁（一二〇三—一二五〇）字京叔，山西渾源人，金代太學生，入元複試後征南行省辟置幕府。所著《歸潛志》多記金末故事，共十四卷；《錄崔立碑事》見該書第十二卷。

6 凌廷堪（約一七五五—一八〇九）字次仲，安徽歙縣人，清代經學家。著有《校禮堂文集》、

《元遺山先生年譜》等。

7 張德輝（一一九五－一二七四）字耀卿，金末冀寧交城（今屬山西）人，元世祖時任河東南北路宣撫使，傳見《元史》卷一六三。下面引文中的元裕即元好問。

8 余闕（一三〇三－一三五八）字廷心，一字天心，原出唐兀族（色目人），其父曾在廬州（今安徽合肥）做官，遂為廬州人。《青陽先生文集》，共九卷，是他的詩文集。

9 顏之推（五三一－約五九〇後）字介，琅琊臨沂（今屬山東）人，南北朝時文學家。歷仕梁、北齊、北周、隋等朝。著有《顏氏家訓》二十篇。

10 盧文弨（一七一七－一七九六）字紹弓，號抱經，浙江杭州人，清代經學家、校勘學家。《抱經堂叢書》，係輯印他所校勘的古籍十七種，並附有他自著的《抱經堂文集》等。

《看圖識字》[1]

凡一個人，即使到了中年以至暮年，倘一和孩子接近，便會踏進久經忘卻了的孩子世界的邊疆去，想到月亮怎麼會跟著人走，星星究竟是怎麼嵌在天空中。但孩子在他的世界裡，是好像魚之在水，游泳自如，忘其所以的，成人卻有如人的鳧水一樣，雖然也覺到水的柔滑和清涼，不過總不免吃力，為難，非上陸不可了。

月亮和星星的情形，一時怎麼講得清楚呢，家境還不算精窮，當然還不如給一點所謂教育，首先是識字。上海有各國的人們，有各國的書舖，也有各國的兒童用書。但我們是中國人，要看中國書，識中國字。這樣的書也有，雖然紙張，圖畫，色彩，印訂，都遠不及別國，但有是也有的。

我到市上去，給孩子買來的是民國二十一年十一月印行的「國難後第六版」的《看圖識字》。先是那色彩就多麼惡濁，但這且不管他。圖畫又多麼死板，這且也不管他。出版處雖然是上海，然而奇怪，圖上有蠟燭，有洋燈，卻沒有電燈；有朝靴，有三鑲雲頭鞋，卻沒有皮鞋。跪著放槍的，一腳拖地；站著射箭的，兩臂不平，他們將永遠不能達到目的，更壞的是連釣竿，風車，布機之類，也和實物有些不同。

我輕輕的嘆了一口氣，記起幼小時候看過的《日用雜字》來。這是一本教育婦女婢僕，使她們能夠記賬的書，雖然名物的種類並不多，圖畫也很粗劣，然而很活潑，也很像。為什麼呢？就因為作畫的人，是熟悉他所畫的東西的，一個「蘿蔔」，一隻雞，在他的記憶裡並不含糊，畫起來當然就切實。現在我們只要看《看圖識字》裡所畫的生活狀態——洗臉，吃飯，讀書——就知道這是作者意中的讀者，也是作者自己的生活狀態，是在租界上租一層屋，裝了全家，既不闊綽，也非精窮的，埋頭苦幹一日，才得維持生活一日的人，孩子得上學校，自己須穿長衫，用盡心神，撐住場面，又那有餘力去買參考書，觀察事物，修煉本領呢？況且，那書的末葉上還有一行道：「戊申年七月初版」。查年表，才知道那就是清朝光緒三十四年，即西曆一九〇八年，雖是前年新印，書卻成於二十七年前，已是一部古籍了，其奄奄無生氣，正也不足為奇的。

孩子是可以敬服的，他常常想到星月以上的境界，想到地面下的情形，想到花卉的用處，想到昆蟲的言語；他想飛上天空，他想潛入蟻穴……所以給兒童看的圖書就必須十分慎重，做起來也十分煩難。即如《看圖識字》這兩本小書，就天文，地理，人事，物情，無所不有。其實是，倘不是對於上至宇宙之大，下至蒼蠅之微，都有些切實的知識的畫家，決難勝任的。

然而我們是忘卻了自己曾為孩子時候的情形了，將他們看作一個蠢才，什麼都不放在眼裡。即使因為時勢所趨，只得施一點所謂教育，也以為只要付給蠢才去教就足夠。於是他們長大起來，就真的成了蠢才，和我們一樣了。然而我們這些蠢才，卻還在變本加厲的愚弄孩子。只要看近兩三年的出版界，給「小學生」，「小朋友」看的刊物，特別的多就知道。中國突然出了這許多「兒童文學家」了麼？我想：是並不然的。

五月三十日。

【注釋】

1 本篇最初發表於一九三四年七月一日北平《文學季刊》第三期，署名唐俟。

拿來主義[1]

中國一向是所謂「閉關主義」，自己不去，別人也不許來。自從給槍炮打破了大門之後，又碰了一串釘子，到現在，成了什麼都是「送去主義」了。別的且不說罷，單是學藝上的東西，近來就先送一批古董到巴黎去展覽，但終「不知後事如何」；還有幾位「大師」們捧著幾張古畫和新畫，在歐洲各國一路的掛過去，叫作「發揚國光」[2]。聽說不遠還要送梅蘭芳博士到蘇聯去，以催進「象徵主義」[3]，此後是順便到歐洲傳道。

我在這裡不想討論梅博士演藝和象徵主義的關係，總之，活人替代了古董，我敢說，也可以算得顯出一點進步了。

但我們沒有人根據了「禮尚往來」的儀節，說道：拿來！

當然，能夠只是送出去，也不算壞事情，一者見得豐富，二者見得大度。尼采[4]就自詡過他是太陽，光熱無窮，只是給與，不想取得。然而尼采究竟不是太陽，他發了瘋。中國也不是，雖然有人說，掘起地下的煤來，就足夠全世界幾百年之用，但是，幾百年之後呢？幾百年之後，我們當然是化為魂靈，或上天堂，或落了地獄，但我們的子孫是在的，所以還應該給他們留下一點禮品。要不然，則當佳節大典之際，他們拿不出東西來，只好磕頭賀喜，討一點殘羹冷炙做獎賞。這種獎賞，不要誤解為「拋來」的東西，這是「拋給」的，說得冠冕些，可以稱之為「送來」，我在這裡不想舉出實例[5]。

我在這裡也並不想對於「送去」再說什麼，否則太不「摩登」了。我只想鼓吹我們再吝嗇一點，「送去」之外，還得「拿來」，是為「拿來主義」。

但我們被「送來」的東西嚇怕了。先有英國的鴉片，德國的廢槍炮，後有法國的香粉，美國的電影，日本的印著「完全國貨」的各種小東西。於是連清醒的青年們，也對於洋貨發生了恐怖。其實，這正是因為那是「送來」的，而不是「拿來」的緣故。

所以我們要運用腦髓，放出眼光，自己來拿！

譬如罷，我們之中的一個窮青年，因為祖上的陰功（姑且讓我這麼說說罷），得了一所大宅子，且不問他是騙來的，搶來的，或合法繼承的，或是做了女婿換來的。那麼，怎麼辦呢？我想，首先是不管三七二十一，「拿來」！但是，如果反對這宅子的舊主人，怕給他的東西染汙了，徘徊不敢走進門，是孱頭；勃然大怒，放一把火燒光，算是保存自己的清白，則是昏蛋。不過因為原是羨慕這宅子的舊主人的，而這回接受一切，欣欣然的蹩進臥室，大吸剩下的鴉片，那當然更是廢物。「拿來主義」者是全不這樣的。

他佔有，挑選。看見魚翅，並不就拋在路上以顯其「平民化」，只要有養料，也和朋友們像蘿蔔白菜一樣的吃掉，只不用它來宴大賓；看見鴉片，也不當眾摔在毛廁裡，以見其徹底革命，只送到藥房裡去，以供治病之用，卻不弄「出售存膏，售完即止」的玄虛。只有煙槍和煙燈，雖然形式和印度，波斯，阿剌伯的煙具都不同，確可以算是一種國粹，倘使背著周遊世界，一定會有人看，但我想，除了送一點進博物館之外，其餘的是大可以毀掉的了。還有一群姨太太，也大以請她們各自走散為是，要不然，「拿來主義」怕未免有些危機。

總之，我們要拿來。我們要或使用，或存放，或毀滅。那麼，主人是新主人，宅子也就會成為新宅子。然而首先要這人沉著，勇猛，有辨別，不自私。沒有拿來的，人不能自成為新人，沒有拿來的，文藝不能自成為新文藝。

六月四日。

【注釋】

1 本篇最初發表於一九三四年六月七日《中華日報·動向》，署名霍沖。

2 一九三二年至一九三四年間，美術家徐悲鴻、劉海粟曾分別去歐洲一些國家舉辦中國美術展覽或個人美術作品展覽。「發揚國光」是一九三四年五月二十八日《大晚報》報導這些消息時的用語。

3 一九三四年五月二十八日《大晚報》報導：「蘇俄藝術界向分寫實與象徵兩派，現寫實主義已漸沒落，而象徵主義則經朝野一致提倡，引成欣欣向榮之概。自彼邦藝術家見我國之書畫作品深合象徵派後，即憶及中國戲劇亦必採取象徵主義。因擬……邀中國戲曲名家梅蘭芳等前往奏藝。」魯迅曾在《花邊文學·誰在沒落》一文中批評《大晚報》的這種歪曲報導。

4 尼采（F.W.Nietzsche，一八四四—一九〇〇）德國哲學家，唯意志論和「超人」哲學的鼓吹者。這裡所述尼采的話，見於他的《札拉圖斯特拉如是說·序言》。

5 一九三三年六月四日，國民黨政府和美國在華盛頓簽訂五千萬美元的「棉麥借款」，購買美國的小麥、麵粉和棉花。這裡指的可能是這一類事。

隔膜[1]

清朝初年的文字之獄，到清朝末年才被從新提起。最起勁的是「南社」[2]裡的有幾個人，為被害者輯印遺集；還有些留學生，也爭從日本撤回文證來[3]。待到孟森的《心史叢刊》[4]出，我們這才明白了較詳細的狀況，大家向來的意見，總以為文字之禍，是起於笑罵了清朝。然而，其實是不盡然的。

這一兩年來，故宮博物院的故事似乎不大能夠令人敬服[5]，但它卻印給了我們一種好書，曰《清代文字獄檔》[6]，去年已經出到八輯。其中的案件真是五花八門，而最有趣的，則莫如乾隆四十八年二月「馮起炎注解易詩二經欲行投呈案」。

馮起炎是山西臨汾縣的生員，聞乾隆將謁泰陵[7]，便身懷著作，在路上徘徊，意圖呈進，不料先以「形跡可疑」被捕了。那著作，是以《易》解《詩》，實則信口開河，在這裡犯不上抄錄，惟結尾有「自傳」似的文章一大段，卻是十分特別的——

「又，臣之來也，不願如何如何，亦別無願求之事，惟有一事未決，請對陛下一敘其緣由。臣……名曰馮起炎，字是南州，嘗到臣張三姨母家，見一女，可娶，而恨力不足以辦此。此女名曰小女，年十七歲，方當待字之年，而正在未字之時，乃原籍東關春牛廠長興號張守忭之次女也。又到臣杜五姨母家，見一女，可娶，而恨力不足以辦此。此女名小鳳，年十三歲，雖非必字之年，而已在可字之時，乃本京東城鬧市口瑞生號杜月之次女也。

「若以陛下之力，差幹員一人，選快馬一匹，克日長驅到臨邑，問彼臨邑之地方官：『其東關春牛廠長與號中果有張守忭一人否？』誠如是也，則此事諧矣。再問：『東城鬧市口瑞生號中果有杜月一人否？』誠如是也，則此事諧矣。二事諧，則臣之願畢矣。然臣之來也，方不知陛下納臣之言耶否耶，而必以此等事相強乎？特進言之際，一敘及之。」

這何嘗有絲毫惡意？不過著了當時通行的才子佳人小說的迷，想一舉成名，天子做媒，表妹入抱而已。不料事實結局卻不大好，署直隸總督袁守侗擬奏罪名是「閱其呈首，膽敢於聖主之前，混講經書，而呈尾措詞，尤屬狂妄。核其情罪，較衝突儀仗為更重。馮起炎一犯，應從重發往黑龍江等處，給披甲人為奴。俟部復到日，照例解部刺字發遣。」這位才子，後來大約終於單身出關做西崽去了。

此外的案情，雖然沒有這麼風雅，但並非反動的還不少。有的是鹵莽；有的是發瘋；有的是鄉曲迂儒，真的不識諱忌；有的則是草野愚民，實在關心皇家。而運命大概很悲慘，不是凌遲，滅族，便是立刻殺頭，或者「斬監候」[8]，也仍然活不出。

凡這等事，粗略的一看，先使我們覺得清朝的凶虐，其次，是死者的可憐。但再來一想，事情是並不這麼簡單的。這些慘案的來由，都只為了「隔膜」。

滿洲人自己就嚴分著主奴，大臣奏事，必稱「奴才」，而漢人卻稱「臣」就好。這並非因為是「炎黃之冑」[9]，特地優待，錫以嘉名的，其實是所以別於滿人的「奴才」，其地位還下於「奴才」數等。奴隸只能奉行，不許言議；評論固然不可，妄自頌揚也不可，這就是「思不出其位」[10]。譬如說：主子，您這袍角有些兒破了，拖下去怕更要破爛，還是補一補好。進言者方自以為在盡忠，而其實卻犯了罪，因為另有准其講這樣的話的人在，不是誰都可說的。一亂說，便是「越俎代謀」，當然「罪有應得」。倘自以為是「忠而獲咎」，那不過是自己的糊塗。

但是，清朝的開國之君是十分聰明的，他們雖然打定了這樣的主意，嘴裡卻並不照樣說，用的是中國的古訓：「愛民如子」，「一視同仁」。一部分的大臣，士大夫是明白這奧妙的，並不敢相信，但有一些簡單愚蠢的人們卻上了當，真以為「陛下」是自己的老子，親親熱熱的撒嬌討好去了。他那裡要這被征服者做兒子呢？於是乎殺掉。不久，兒子們嚇得不再開口了，計劃居然成功；直到光緒時康有為們的上書[11]，才又衝破了「祖宗的成法」。然而這奧妙，好像至今還沒有人來說明。

施蟄存先生在《文藝風景》創刊號裡，很為「忠而獲咎」者不平[12]，就因為還不免有些「隔膜」的緣故。這是《顏氏家訓》或《莊子》《文選》裡所沒有的[13]。

六月十日。

【注釋】

1 本篇最初發表於一九三四年七月五日上海《新語林》半月刊第一期，署名杜德機。

2 文學團體，一九〇九年由柳亞子等人發起成立於蘇州。該社以詩文鼓吹反清革命，辛亥革命後社員發生分化，一九二三年無形解體。由南社社員輯印的清代文字獄中被害者的遺集，如吳炎的《吳赤溟集》，戴名世的《戴褐夫集》和《孑遺錄》，呂留良的《呂晚村手寫家訓》等，後來大都收入鄧實、黃節主編的《國粹叢書》。

3 清末有些留日學生從日本的圖書館中搜集明末遺民的著作，如《揚州十日記》、《嘉定屠城記略》、《朱舜水集》、《張蒼水集》等。印出後輸入國內，以鼓吹反清革命。

4 孟森（一八六八—一九三七）字蓴蓀，號心史，江蘇武進人，歷史學家。曾留學日本，後任北京大學史學系教授。

《心史叢刊》，共三集，出版於一九一六年至一九一七年，內容都是有關考證的札記文字；其中關於清代文字獄的記載，有朱光旦案、科場案三（河南、山東、山西闈）附記之「查嗣庭典試江西命題有意諷刺」案、《字貫》案、《閒閒錄》案。

他在論述王錫侯因著《字貫》被殺一案時說：「錫侯之為人，蓋亦一頭巾氣極重之腐儒，與戴名世略同，斷非有菲薄清廷之意。戴則以古文自命，王則以理學自矜，俱好弄筆。弄筆既久，處處有學問面目。故於明季事而津津欲網羅其遺聞，此戴之所以殺身也。於字書而置《康熙字典》為一家言，與諸家均在平阜少馬之列，此王之所以罹辟也。」

5 指故宮博物院文物被盜賣事。故宮博物院是管理清朝故宮及其所屬各處的建築物和古物、圖書的機構。一九三二年至一九三三年間易培基任院長時，該院古物被盜賣者甚多，易培基曾因此被控告。

6 《清代文字獄檔》故宮博物院文獻館編，國立北平研究院出版，其中資料都從故宮博物院所藏的軍機處檔、宮中所存繳回朱批奏摺、實錄三種清代文書輯錄。第一輯出版於一九三一年五月。馮起炎一案見《清代文字獄檔》第八輯（一九三三年七月出版）。

7 秦陵清朝雍正皇帝（胤禛）的陵墓，在河北易縣。

8 清朝法制：將被判死刑不立時處決的犯人暫行監禁，候秋審（每年八月中由刑部會同各官詳議各省審冊，請旨裁奪）再予決定，叫做「監候」，有「斬監候」與「絞監候」之別。

9 指漢族。炎黃，傳說中的我國古代帝王炎帝和黃帝。

10 語見《易經．艮》：「君子以思不出其位。」

11 康有為（一八五八—一九二七）字廣廈，號長素，廣東南海人，清末維新運動領袖。甲午戰爭失敗後，清政府於一八九五年與日本簽訂喪權辱國的《馬關條約》，康有為與當時同在北京參加會試的各省舉人一千三百多人，聯名向光緒皇帝上書，要求「拒和、遷都、變法」，成為後來戊戌變法運動的前奏。

12 施蟄存在《文藝風景》創刊號（一九三四年六月）《書籍禁止與思想左傾》一文中說：「前一些時候，政府曾經根據於剷除共產主義文化這政策而突然禁止了一百餘種文藝書籍的發行。……沈從文先生曾經在天津《國聞周報》第十一卷第九期上發表了一篇討論這禁書問題的文字。……但是在上海的《社會新聞》第六卷第二十七八期上卻連續刊載了一篇對於沈從文先生那篇文章的反駁。……沈從文先生正如我一樣地引焚書坑儒為喻，原意也不過希望政府方面要以史實為殷鑒，出之審慎……他並非不瞭解政府的禁止左傾書籍之不得已，然而他還希望政府能有比這更妥當，更有效果的辦法；……然而，在《社會新聞》的那位作者的筆下，卻寫下了這樣的裁決：『我們從沈從文的……口吻中，早知道沈從文的立場究竟是什麼立場了，沈從文既是站在反革命的立場，那沈從文的主張，究竟是什麼主張，又何待我們來下斷語呢？』」

13 戰國時道家學派的代表人物莊周及其後學的著作集。《文選》，即《昭明文選》，共三十卷，南朝梁昭明太子蕭統編選的自秦漢至齊梁的詩文總集。一九三三年九月《大晚報》徵求所謂「推薦書目」時，施蟄存曾提倡青年讀這些書。作者在《准風月談．重三感舊》等文中曾予批評，可參看。

《木刻紀程》小引[1]

中國木刻圖畫，從唐到明，曾經有過很體面的歷史[2]。但現在的新的木刻，卻和這歷史不相干。新的木刻，是受了歐洲的創作木刻的影響的。創作木刻的紹介，始於朝花社，那出版的《藝苑朝華》[3]四本，雖然選擇印造並不精工，且為藝術名家所不齒，卻頗引起了青年學徒的注意。

到一九三一年夏，在上海遂有了中國最初的木刻講習會[4]。又由是蔓衍而有木鈴社，曾印《木鈴木刻集》兩本。又有野穗社，曾印《木刻畫》一輯。有無名木刻社[5]，曾印《木刻集》。但木鈴社早被毀滅，後兩社也未有繼續或發展的消息。前些時在上海還剩有M．K．木刻研究社[6]，是一個歷史較長的小團體，曾經屢次展覽作品，並且將出《木刻畫選集》的，可惜今夏又被私怨者告密。社員多遭捕逐，木版也為工部局[7]所沒收了。

據我們所知道，現在似乎已經沒有一個研究木刻的團體了。但尚有研究木刻的個人。如羅清楨[8]，已出《清楨木刻集》二輯；如又村[9]，最近已印有《廖坤玉故事》的連環圖。這是都值得特記的。

而且仗著作者歷來的努力和作品的日見其優良，現在不但已得中國讀者的同情，並且也漸漸的到了跨出世界上去的第一步。雖然還未堅實，但總之，是要跨出去了。不過，同時也到了停頓的危機。因為倘沒有鼓勵和切磋，恐怕也很容易陷於自足。本集即願做一個木刻的路程碑，將自去年以來，認為應該流布的作品，陸續輯印，以為讀者的綜觀，作者的借鏡之助。但自然，只以收集所及者為限，中國的優秀之作，是決非盡在於此的。

別的出版者，一方面還正在紹介歐美的新作，一方面則在複印中國的古刻，這也都是中國的新木刻的羽翼，採用外國的良規，加以發揮，使我們的作品更加豐滿是一條路；擇取中國的遺產，融合新機，使將來的作品別開生面也是一條路。如果作者都不斷的奮發，使本集能一程一程的向前走，那就會知道上文所說，實在不僅是一種奢望的了。

一九三四年六月中，鐵木藝術社記。

【注釋】

1 本篇最初印入《木刻紀程》一書中。

《木刻紀程》，魯迅編輯，以鐵木藝術社名義印行，計收木刻二十四幅，作者為何白濤、李霧城（陳煙橋）、陳鐵耕、一工（黃新波）、陳普之、張致平（張望）、劉峴、羅清楨等人，初版印一二〇本。（封面上有一九三四年六月字樣，但據魯迅日記，係同年八月十四日編訖付印。）

2 我國古代木刻版畫，現在所見最早的有敦煌千佛洞發現的唐末五代（西元十世紀）的佛像，具有相當的藝術水準，它比歐洲現存的十四世紀德國木版聖母像早好幾百年；以後宋代的醫書插圖、明代的小說繡像，更有進一步的發展。

3 魯迅、柔石等組織的文藝團體，一九二八年十一月成立於上海，一九三〇年春解體。《藝苑朝華》，美術叢刊，魯迅編選，共出五輯。第一輯《近代木刻選集（一）》，第二輯《拾谷虹兒畫選》，第三輯《近代木刻選集（二）》，第四輯《比亞茲萊畫選》，均於一九二九年由朝花社印行。第五輯《新俄畫選》於一九三〇年由光華書局出版。

4 一八藝社於一九三一年八月間在上海舉辦。魯迅介紹日本人內山嘉吉講授木刻技法，並自任翻譯，自八月十七日至二十二日，為期一周。

5 一九三三年初成立於杭州藝術專門學校，主要成員為郝力群、曹白等。同年十月因主要成員被捕，無形解體。野穗社，一九三三年冬成立於上海新華藝術專門學校，主要成員為陳煙橋、陳鐵耕等。無名木刻社（後改名為未名木刻社），一九三三年底成立於上海美術專門學校，主要成員為劉峴、黃新波等。

6 一九三二年九月成立於上海美術專門學校，「M．K．」是拉丁化拼音「木刻」（Muke）二字起首的字母，主要成員為周金海、王紹絡、張望、金逢孫、陳普之等，曾舉辦木刻展覽四次。

7 過去英、美、日等帝國主義者在上海、天津等地租界內設立的統治機關。

8 羅清楨（一九〇五－一九四二）廣東興寧人，木刻家。

9 即陳鐵耕（一九〇六－一九七〇），廣東興寧人，木刻家。

難行和不信[1]

中國的「愚民」——沒有學問的下等人，向來就怕人注意他。如果你無端的問他多少年紀，什麼意見，兄弟幾個，家景如何，他總是支吾一通之後，躲了開去。有學識的大人物，很不高興他們這樣的脾氣。然而這脾氣總不容易改，因為他們也實在從經驗而來的。

假如你被誰注意了，一不小心，至少就不免上一點小當，譬如罷，中國是改革過的了，孩子們當然早已從「孟宗哭竹」「王祥臥冰」[2]的教訓裡蛻出，然而不料又來了一個嶄新的「兒童年」[3]，愛國之士因此又想起了「小朋友」，或者用筆，或者用舌，不怕勞苦的來給他們教訓。

一個說要用功，古時候曾有「囊螢照讀」「鑿壁偷光」[4]的志士；一個說要愛國，古時候曾有十幾歲突圍請援，十四歲上陣殺敵的奇童。這些故事，作為閒談來聽聽是不算很壞的，但萬一有誰相信了，照辦了，那就會成為乳臭未乾的吉訶德[5]。你想，每天要捉一袋照得見四號鉛字的螢火蟲，那豈是一件容易事？但這還只是不容易罷了，倘去鑿壁，事情就更糟，無論在那裡，至少是挨一頓罵之後，立刻由爸爸媽媽賠禮，雇人去修好。

請援，殺敵，更加是大事情，在外國，都是三四十歲的人們所做的。他們那裡的兒童，著重的是吃，玩，認字，聽些極普通，極緊要的常識。中國的兒童給大家特別看得起，那當然也很好，然而出來的題目就因此常常是難題，仍如飛劍一樣，非上武當山[6]尋師學道之後，決計沒法辦。到了二十世紀，古人空想中的潛水艇，飛行機，是實地上成功了，但《龍文鞭影》或《幼學瓊林》[7]裡的模範故事，卻還有些難學。

我想，便是說教的人，恐怕自己也未必相信罷。

所以聽的人也不相信。我們聽了千多年的劍仙俠客，去年到武當山去的只有三個人，只占全人口的五百兆分之一，就可見。古時候也許還要多，現在是有了經驗，不大相信了，於是照辦的人也少了。——但這是我個人的推測。

不負責任的，不能照辦的教訓多，則相信的人少；利己損人的教訓多，則相信的人更其少。「不相信」就是「愚民」的遠害的塹壕，也是使他們成為散沙的毒素。然而有這脾氣的也不但是「愚民」，雖是說教的士大夫，相信自己和別人的，現在也未必有多少。例如既尊孔子，又拜活佛者[8]，也就是恰如將他的錢試買各種股票，分存許多銀行一樣，其實是那一面都不相信的。

七月一日。

【注釋】

1 本篇最初發表於一九三四年七月二十日《新語林》半月刊第二期，署名公汗。

2 據唐代白居易所編《白氏六帖》：三國時吳人「孟宗後母好筍，令宗冬月求之。宗入竹林慟哭，筍為之出。」「王祥臥冰」，據《晉書・王祥傳》：王祥後母「常欲生魚，時天寒冰凍，祥解衣將剖冰求之，冰忽自解，雙鯉躍出，持之而歸」。這兩個故事後來都收入《二十四孝》一書。

3 一九三三年十月，上海兒童幸福委員會呈准國民黨上海市政府定一九三四年為兒童年。一九三五年三月，國民黨政府又根據中華慈幼協會的呈請，定一九三五年八月一日開始的一年為全國兒童年。

4 見《晉書・車胤傳》：「車胤……家貧，不常得油，夏月則練囊盛數十螢火以照書，以夜繼日焉。」「鑿壁偷光」，見《西京雜記》卷二：「匡衡……勤學而無燭，鄰舍有燭而不逮，衡乃穿壁引其光，以書映光而讀之。」

5 西班牙作家塞凡提斯於一六〇五年和一六一五年發表的長篇小說《堂・吉訶德》中的主角。

6 武當山在湖北均縣北，山上有紫霄宮、玉虛宮等道教宮觀。《太平御覽》卷四十三引南朝宋郭仲產《南雍州記》說：「武當山廣三四百里，……學道者常百數，相繼不絕。」

7 明代蕭良友編著，內容是從古書中摘取一些歷史典故編成四言韻語。《幼學瓊林》，清代程允升編著，內容係雜集關於天文、人倫、器用、技藝等成語典故，用駢文寫成。兩書都是舊時學塾的初級讀物。

8 既尊孔子又拜活佛者指國民黨政客戴季陶之流。戴季陶在一九三四年曾捐款修建吳興孔廟。同年他又和當時已下野的北洋軍閥段祺瑞等發起，請第九世班禪喇嘛在杭州靈隱寺舉行「時輪金剛法會」，宣揚「佛法」。

買《小學大全》記[1]

線裝書真是買不起了。乾隆時候的刻本的價錢，幾乎等於那時的宋本。明版小說，是五四運動以後飛漲的；從今年起，洪運怕要輪到小品文身上去了。至於清朝禁書[2]，則民元革命後就是寶貝，即使並無足觀的著作，也常要百餘元至數十元。

我向來也走走舊書坊，但對於這類寶書，卻從不敢作非分之想。端午節前，在四馬路一帶閒逛，竟無意之間買到了一種，曰《小學大全》，共五本，價七角，看這名目，是不大有人會歡迎的，然而，卻是清朝的禁書。

這書的編纂者尹嘉銓，博野人；他父親尹會一[3]，是有名的孝子，乾隆皇帝曾經給過褒揚的詩。他本身也是孝子，又是道學家，官又做到大理寺卿稽察覺羅學[4]。還請令旗籍[5]子弟也講讀朱子的《小學》[6]，而「荷蒙朱批：所奏是。欽此。」這部書便成於兩年之後的，加疏的《小學》六卷，《考證》和《釋文》，《或問》各一卷，《後編》二卷，合成一函，是為《大全》。也曾進呈，終於在乾隆四十二年九月十七日奉旨：「好！知道了。欽此。」那明明是得了皇帝的嘉許的。

到乾隆四十六年，他已經致仕回家了，但真所謂「及其老也，戒之在得」[7]罷，雖然欲得的乃是「名」，也還是一樣的招了大禍。

這年三月，乾隆行經保定，尹嘉銓便使兒子送了一本奏章，為他的父親請謚，朱批是「與瞻乃國家定典，豈可妄求。此奏本當交部治罪，念汝為父私情，姑免之。若再不安分家居，汝罪不可追矣！欽此。」

不過他預先料不到會碰這樣的大釘子，所以接著還有一本，是請許「我朝」名臣湯斌、范文程、李光地、顧八代、張伯行[8]等從祀孔廟，「至於臣父尹會一，既蒙御製詩章褒嘉稱孝，已在德行之科，自可從祀，非臣所敢請也。」這回可真出了大岔子，三月十八日的朱批是：「竟大肆狂吠，不可恕矣！欽此。」

乾隆時代的一定辦法，是凡以文字獲罪者，一面拿辦，一面就查抄，這並非著重他的家產，乃在查看藏書和另外的文字，如果別有「狂吠」，便可以一併治罪。因為乾隆的意見，是以為既敢「狂吠」，必不止於一兩聲，非徹底根究不可的。尹嘉銓當然逃不出例外，和自己的被捕同時，他那博野的老家和北京的寓所，都被查抄了。

藏書和別項著作，實在不少，但其實也並無什麼干礙之作。不過那時是決不能這樣就算的，經大學士三寶[9]等再三審訊之後，定為「相應請旨將尹嘉銓照大逆律凌遲處死」，幸而結果很寬大：「尹嘉銓著加恩免其凌遲之罪，改為處絞立決，其家屬一併加恩免其緣坐」就完結了。

這也還是名儒兼孝子的尹嘉銓所不及料的。

這一回的文字獄，只絞殺了一個人，比起別的案子來，決不能算是大獄，但乾隆皇帝卻頗費心機，發表了幾篇文字。從這些文字和奏章（均見《清代文字獄檔》第六輯）看來，這回的禍機雖然發於他的「不安分」，但大原因，卻在既以名儒自居，又請將名臣從祀：這都是大「不可恕」的地方。清朝雖然尊崇朱子，但止於「尊崇」，卻不許「學樣」，因為一學樣，就要講學，於是而有學說，於是而有門徒，於是而有門戶，於是而有門戶之爭，這就足為「太平盛世」之累。況且以這樣的「名儒」而做官，便不免以「名臣」自居，「妄自尊大」。

乾隆是不承認清朝會有「名臣」的，他自己是「英主」，是「明君」，所以在他的統治之下，不能有奸臣，既沒有特別壞的奸臣，也就沒有特別好的名臣，一律都是不好不壞，無所謂好壞的奴子。[10]

特別攻擊道學先生，所以是那時的一種潮流，也就是「聖意」。我們所常見的，是紀昀總纂的《四庫全書總目提要》和自著的《閱微草堂筆記》[11]裡的時時的排擊。這就是迎合著這種潮流的，倘以為他秉性平易近人，所以憎恨了道學先生的谿刻，那是一種誤解。

大學士三寶們也很明白這潮流，當會審尹嘉銓時，曾奏道：「查該犯如此狂悖不法，若即行定罪正法，尚不足以泄公憤而快人心。該犯曾任三品大員，相應遵例奏明，將該犯嚴加夾訊，多受刑法，問其究屬何心，錄取供詞，具奏，再請旨立正典刑，方足以昭炯戒。」後來究竟用了夾棍沒有，未曾查考，但看所錄供詞，卻於用他的「醜行」來打倒他的道學的策略，是做得非常起勁的。現在抄三條在下面——

「問：尹嘉銓！你所書李孝女暮年不字事一篇，說『年逾五十，依然待字，吾妻李恭人聞而賢之，欲求淑女以相助，仲女固辭不就』等語。這處女既立志不嫁，已年過五旬，你為何叫你女人遣媒說合，要他做妾？這樣沒廉恥的事，難道是講正經人幹的麼？

據供：我說的李孝女年逾五十，依然待字，原因素日間知道雄縣有個姓李的女子，守貞不字。吾女人要聘他為妾，我那時在京候補，並不知道；後來我女人告訴我，才知道的，所以替他做了這篇文字，要表揚他，實在我並沒有見過他的面。但他年過五十，我還將要他做妾的話，做在文字內，這就是我廉恥喪盡，還有何辯。

「問：你當時在皇上跟前討賞翎子，說是沒有翎子，就回去見不得你妻小。你這假道學怕老婆，到底皇上沒有給你翎子，你如何回去的呢？

據供：我當初在家時，曾向我妻子說過，要見皇上討翎子，所以我彼時不辭冒昧，就妄求恩典，原想得了翎子回家，可以誇耀。後來皇上沒有賞我，我回到家裡，實在覺得害羞，難見妻子。這都是我假道學，怕老婆，是實。

「問：你女人平日妒悍，所以替你娶妾，也要娶這五十歲女人給你，知道這女人斷不肯嫁，他又得了不妒之名。總是你這假道學居常做慣這欺世盜名之事，你女人也學了你欺世盜名。你難道不知道麼？

供：我女人要替我討妾，這五十歲李氏女子既已立志不嫁，斷不肯做我的妾，我女人是明知的，所以借此要得不妒之名。總是我平日所做的事，俱係欺世盜名，所以我女人也學做此欺世盜名之事，難逃皇上洞鑒。」

還有一件要緊事是銷毀和他有關的書。他的著述也真太多，計應「銷毀」者有書籍八十六種，石刻七種，都是著作；應「撤毀」者有書籍六種，都是古書，而有他的序跋。《小學大全》雖不過「疏輯」，然而是在「銷毀」之列的。[12]

但我所得的《小學大全》，卻是光緒二十二年開雕，二十五年刊竣，而「宣統丁巳」（實是中華民國六年）重校的遺老本，有張錫恭跋云：「世風不古若矣，願讀是書者，有以轉移之。……」又有劉安濤跋云：「晚近凌夷，益加甚焉，異言喧豗，顯與是書相悖，一唱百和，……馴致家與國均蒙其害，唐虞三代以來先聖先賢蒙以養正之遺意，掃地盡矣。剝極必復，天地之心見焉。……」

為了文字獄，使士子不敢治史，尤不敢言近代事，但一面卻也使昧於掌故，乾隆朝所竭力「銷毀」的書，雖遺老也不復明白，不到一百三十年，又從新奉為寶典了。這莫非也是「剝極必復」[13]麼？恐怕是遺老們的乾隆皇帝所不及料的罷。

但是，清的康熙，雍正和乾隆三個，尤其是後兩個皇帝，對於「文藝政策」或說得較大一點的「文化統制」[14]，卻真盡了很大的努力的。

文字獄不過是消極的一方面，積極的一面，則如欽定四庫全書[15]，於漢人的著作，無不加以取捨，所取的書，凡有涉及金元之處者，又大抵加以修改，作為定本。此外，對於「七經」，「二十四史」，《通鑑》[16]，文士的詩文，和尚的語錄，也都不肯放過，不是鑒定，便是評選，文苑中實在沒有不被蹂躪的處所了。而且他們是深通漢文的異族的君主，以勝者的看法，來批評被征服的漢族的文化和人情，也鄙夷，但也恐懼，有苛論，但也有確評，文字獄只是由此而來的辣手的一種，那成果，由滿洲這方面言，是的確不能說它沒有效的。

現在這影響好像是淡下去了，遺老們的重刻《小學大全》，就是一個證據，但也可見被愚弄了的性靈，又終於並不清醒過來。近來明人小品，清代禁書，市價之高，決非窮讀書人所敢窺覗，但《東華錄》，《御批通鑑輯覽》，《上諭八旗》，《雍正朱批諭旨》[17]……等，卻好像無人過問，其低廉為別的一切大部書所不及。倘有有心人加以收集，一一鉤稽，將其中的關於駕御漢人，批評文化，利用文藝之處，分別排比，輯成一書，我想，我們不但可以看見那策略的博大和惡辣，並且還能夠明白我們怎樣受異族主子的馴擾，以及遺留至今的奴性的由來的罷。

自然，這決不及賞玩性靈文字[18]的有趣，然而借此知道一點演成了現在的所謂性靈的歷史，卻也十分有益的。

七月十日。

【注釋】

1 本篇最初發表於一九三四年八月五日《新語林》半月刊第三期，署名杜德機。

2 清政府為實行文化統制，在編纂《四庫全書》時，將認為內容「悖謬」和有「違礙字句」的書，都分別「銷毀」和「撤毀」（即「全毀」和「抽毀」）。「禁書」即指這些應毀的書；關於禁書的目錄，後來有《全毀抽毀書目》、《禁書總目》、《違礙書目》等數種（都收在清代姚覲元輯《咫進齋叢書》中）。

3 尹會一（一六九一—一七四八）字元孚，清代道學家，官至吏部侍郎。著有闡釋程、朱理學的書數種和《賢母年譜》等。

4 中央審判機關的主管長官，按清朝官制為「正三品」。稽察覺羅學，即清朝皇族旁支子弟學校的主管，據《清會典》載：以顯祖宣皇帝（即清太祖愛新覺羅．努爾哈赤的父親愛新覺羅．塔克世）之本支子孫為「宗室」，以顯祖宣皇帝之叔伯兄弟等之旁支子孫為「覺羅」。

5 清代滿族軍事、生產合一的戶籍編制單位，共分八旗。此外另設蒙八旗和漢八旗。

6 即朱熹（一一三〇—一二〇〇）字元晦，婺源（今屬江西）人，宋代理學家，官至寶文閣待制，著有《詩集傳》、《四書章句集注》、《通鑑綱目》等。《小學》，朱熹、劉子澄編，共六卷，係輯錄古書中符合封建道德的片段分類編成。

7 語見《論語．季氏》：「君子有三戒……及其老也，血氣既衰，戒之在得。」

8 湯斌（一六二七－一六八七）字孔伯，睢州（今河南睢縣）人，官至禮部尚書。
范文程（一五九七－一六六六），字憲斗，瀋陽人，官至大學士、太傅兼太子太師。
李光地（一六四二－一七一八），字晉卿，福建安溪人，官至文淵閣大學士。
顧八代（？－一七〇八），字文起，滿洲鑲黃旗人，官至禮部尚書。
張伯行（一六五一－一七二五），字孝先，河南儀封（今蘭考）人，官至禮部尚書。

9 三寶（？－一七八四）滿洲正紅旗人，乾隆時官至東閣大學士。

10 乾隆皇帝在《尹嘉銓免其凌遲之罪諭》中說：「古來以講學為名，致開朋黨之漸，如明季東林諸人講學，以致國事日非，可為鑒戒……又其書有《多臣言行錄》一編……以本朝之人標榜當代人物，將來伊等子孫，恩怨即從此起，門戶亦且漸開，所關朝常世教，均非淺鮮。即伊托言仿照朱子《名臣言行錄》，朱子所處，當宋朝南渡式微，且又在下位，其所評騭，尚皆公當。今尹嘉銓乃欲於國家全盛之時，逞其私臆，妄生議論，變亂是非，實為莠言亂政。」又在《明辟尹嘉銓標榜之罪諭》中說：「朕以為本朝紀綱整肅，無名臣亦無奸臣，何則，乾綱在上，不致朝廷有名臣、奸臣，亦社稷之福耳。」

11 紀昀（一七二四－一八〇五）字曉嵐，直隸（今河北）獻縣人，清代文學家。官至禮部尚書，曾任四庫全書館總纂官。《四庫全書總目提要》，二百卷，是《四庫全書》的書目解題，完成於乾隆四十七年（一七八二）。
《閱微草堂筆記》，筆記小說，共五種，二十四卷。紀昀在《四庫全書總目提要》子部儒家類的「引言」中說：「當時所謂道學者，又自分二派，筆舌交攻。自是厥後，天下惟朱陸是爭；門戶列而朋黨起，恩仇報復，蔓延者垂數百年。」

在《閱微草堂筆記》中，更多處有不滿道學家的言論，如：「講學家責人無已時。」「一儒生頗講學……崖岸太甚，動以不情之論責人。」「講學家持論務嚴，遂使一時失足者無路自贖。」等等。

12 關於銷毀《小學大全》，乾隆四十六年（一七八一）五月「上諭」：「如《小學》等書，本係前人著述，原可毋庸銷毀，惟其中有經該犯（按指尹嘉銓）疏解編輯及有序跋者，即當一體銷毀。」在當時的軍機處「應行銷毀尹嘉銓書籍單」中，《小學大全》一書下注有「尹嘉銓疏輯，亦應銷毀」。

13 「剝」、「復」是《易經》中的兩個卦名，《剝卦》之後就是《復卦》，所以說「剝極必復」（剝是剝落，復是反本）。《易經．復卦》說：「反覆其道，七日來復……復，其見天地之心乎？」

14 當時國民黨政府實行「剿滅共產主義」的反動文化政策，並在他們的刊物上大事宣傳（如一九三四年一月《汗血》月刊第二卷第四期即為《文化剿匪專號》，同年八月《前途》月刊第二卷第八期又為《文化統制專號》）。魯迅在這裡用「文藝政策」和「文化統制」等字樣加以揭露，但發表時都被刪去。

15 清代乾隆三十七年（一七七二）設館纂修，歷時十年始成。共收書三五〇三種，七九三三七卷，分經、史、子、集四部。

16 「七經」指《易》、《書》、《詩》、《春秋》、《周禮》、《儀禮》和《禮記》。康熙、雍正、乾隆三朝加以注疏，編為《周易折中》、《書經傳說匯纂》、《詩經傳說匯纂》、《春秋傳說匯纂》、《周官義疏》、《儀禮義疏》、《禮記義疏》七種，合稱《御纂七經》。

「二十四史」，乾隆時規定從《史記》至《明史》的二十四部紀傳體史書為「正史」，即《欽定二十四史》。

《通鑑》，宋代司馬光等編纂的編年體史書，起自戰國，終於五代，名《資治通鑑》。乾隆帝命臣下編成起自上古終於明末的另一編年體史書，由他親自「詳加評斷」，稱為《御批通鑑輯覽》。

17 清代蔣良騏編，三十二卷。係從清太祖天命至世宗雍正六朝的實錄和其他文獻摘抄而成。後由王先謙加以增補，擴編為一九五卷，並新增乾隆、嘉慶、道光三朝史料，合為《九朝東華錄》，共四二五卷。稍後，他又補輯《咸豐朝東華錄》和《同治朝東華錄》各一百卷；此後又有朱壽朋編的《光緒朝東華錄》二二〇卷。

《上諭八旗》，內容是雍正一朝關於八旗政務的諭旨和奏議等文件，共分三集：《上諭八旗》十三卷、《上諭旗務議覆》十二卷、《諭行旗務奏議》十三卷。《雍正朱批諭旨》，三六〇卷，內容是經雍正朱批的「臣工」二百餘人的奏摺。

18 指當時林語堂提倡「性靈」的文章。他在《論語》第二卷第十五期（一九三三年四月）發表的《有不為齋隨筆．論文》中說：「文章者，個人性靈之表現。性靈之為物，惟我知之，生我之父母不知，同床之吾妻亦不知。然文學之生命實寄託於此。」

韋素園墓記[1]

韋君素園[2]之墓。

君以一九又二年六月十八日生，一九三二年八月一日卒。

嗚呼，宏才遠志，厄於短年。文苑失英，明者永悼。弟叢蕪，友靜農，霽野[3]立表；魯迅書。

【注釋】

1 本篇寫成於一九三四年四月，據作者一九三四年三月二十七日致臺靜農信：「素兄墓誌，當於三四日內寫成寄上」；又作者同年四月三日日記：「以所書韋素園墓表寄靜農。」

2 韋素園（一九〇二－一九三二）安徽霍丘人，未名社成員。譯有果戈理中篇小說《外套》、俄國短篇小說集《最後的光芒》、北歐詩歌小品集《黃花集》等。

3 韋叢蕪（一九〇五－一九七八）安徽霍丘人，未名社成員。譯有陀思妥也夫斯基長篇小說《窮人》、《罪與罰》等。靜農，即臺靜農，安徽霍丘人，未名社成員。著有短篇小説集《地之子》、《建塔者》等。霽野，即李霽野，安徽霍丘人，未名社成員。著有短篇小説集《影》，譯有安特列夫劇本《往星中》、《黑假面人》等。

憶韋素園君[1]

我也還有記憶的，但是，零落得很。我自己覺得我的記憶好像被刀刮過了的魚鱗，有些還留在身體上，有些是掉在水裡了，將水一攪，有幾片還會翻騰，閃爍，然而中間混著血絲，連我自己也怕得因此汙了賞鑒家的眼目。

現在有幾個朋友要紀念韋素園君，我也須說幾句話。是的，我是有這義務的。我只好連身外的水也攪一下，看看泛起怎樣的東西來。

怕是十多年之前了罷，我在北京大學做講師，有一天。在教師豫備室裡遇見了一個頭髮和鬍子統統長得要命的青年，這就是李霽野。我的認識素園，大約就是霽野紹介的罷，然而我忘記了那時的情景。現在留在記憶裡的，是他已經坐在客店的一間小房子裡計畫出版了。

這一間小房子，就是未名社。[2]

那時我正在編印兩種小叢書，一種是《烏合叢書》，專收創作，一種是《未名叢刊》，專收翻譯，都由北新書局出版。出版者和讀者的不喜歡翻譯書，那時和現在也並不兩樣，所以《未名叢刊》是特別冷落的。恰巧，素園他們願意紹介外國文學到中國來，便和李小峰[3]商量，要將《未名叢刊》移出，由幾個同人自辦。

小峰一口答應了，於是這一種叢書便和北新書局脫離。稿子是我們自己的，另籌了一筆印費，就算開始。因這叢書的名目，連社名也就叫了「未名」——但並非「沒有名目」的意思，是「還沒有名目」的意思，恰如孩子的「還未成丁」似的。

未名社的同人，實在並沒有什麼雄心和大志，但是，願意切切實實的，點點滴滴的做下去的意志，卻是大家一致的。而其中的骨幹就是素園。

於是他坐在一間破小屋子，就是未名社裡辦事了，不過小半好像也因為他生著病，不能上學校去讀書，因此便天然的輪著他守寨。

我最初的記憶是在這破寨裡看見了素園，一個瘦小，精明，正經的青年，窗前的幾排破舊外國書，在證明他窮著也還是釘住著文學。然而，我同時又有了一種壞印象，覺得和他是很難交往的，因為他笑影少。

「笑影少」原是未名社同人的一種特色，不過素園顯得最分明，一下子就能夠令人感得。但到後來，我知道我的判斷是錯誤了，和他也並不難於交往。他的不很笑，大約是因為年齡的不同，對我的一種特別態度罷，可惜我不能化為青年，使大家忘掉彼我，得到確證了。這真相，我想，霽野他們是知道的。

但待到我明白了我的誤解之後，卻同時又發見了一個他的致命傷：他太認真；雖然似乎沉靜，然而他激烈。認真會是人的致命傷的麼？至少，在那時以至現在，可以是的。一認真，便容易趨於激烈，發揚則送掉自己的命，沉靜著，又嚙碎了自己的心。

這裡有一點小例子。——我們是只有小例子的。

那時候，因為段祺瑞[4]總理和他的幫閒們的迫壓，我已經逃到廈門，但北京的狐虎之威還正是無窮無盡。段派的女子師範大學校長林素園[5]帶兵接收學校去了，演過全副武行之後，還指留著的幾個教員為「共產黨」。這個名詞，一向就給有些人以「辦事」上的便利，而且這方法，也是一種老譜，本來並不希罕的。但素園卻好像激烈起來了，從此以後，他給我的信上，有好一晌竟憎惡「素園」兩字而不用，改稱為「漱園」。

同時社內也發生了衝突，高長虹[6]從上海寄信來，說素園壓下了向培良的稿子，叫我講一句話。我一聲也不響。於是在《狂飆》上罵起來了，先罵素園，後是我。

素園在北京壓下了培良的稿子，卻由上海的高長虹來抱不平，要在廈門的我去下判斷，我頗覺得是出色的滑稽，而且一個團體，雖是小小的文學團體罷，每當光景艱難時，內部是一定有人起來搗亂的，這也並不希罕。然而素園卻很認真，他不但寫信給我，敘述著詳情，還作文登在雜誌上剖白。

在「天才」們的法庭上，別人剖白得清楚的麼？——我不禁長長的嘆了一口氣，想到他只是一個文人，又生著病，卻這麼拚命的對付著內憂外患，又怎麼能夠持久呢。自然，這僅僅是小憂患，但在認真而激烈的個人，卻也相當的大的。

不久，未名社就被封[7]，幾個人還被捕。也許素園已經咯血，進了病院了罷，他不在內。但後來，被捕的釋放，未名社也啟封了，忽封忽啟，忽捕忽放，我至今還不明白這是怎麼的一個玩意。

我到廣州，是第二年——一九二七年的秋初[8]，仍舊陸續的接到他幾封信，是在西山病院裡，伏在枕頭上寫就的，因為醫生不允許他起坐。他措辭更明顯，思想也更清楚，更廣大了，但也更使我擔心他的病。

有一天，我忽然接到一本書，是布面裝訂的素園翻譯的《外套》[9]。我一看明白，就打了一個寒噤：這明明是他送給我的一個紀念品，莫非他已經自覺了生命的期限了麼？

我不忍再翻閱這一本書，然而我沒有法。

我因此記起，素園的一個好朋友也咯過血，一天竟對著素園咯起來，他慌張失措，用了愛和憂急的聲音命令道：「你不許再吐了！」我那時卻記起了伊孛生的《勃蘭特》[10]。他不是命令過去的人，從新起來，卻並無這神力，只將自己埋在崩雪下面的麼？……

我在空中看見了勃蘭特和素園，但是我沒有話。

一九二九年五月末，我最以為僥幸的是自己到西山病院去，和素園談了天。

他為了日光浴，皮膚被曬得很黑了，精神卻並不萎頓。我們和幾個朋友都很高興。但我在高興中，又時時夾著悲哀：忽而想到他的愛人，已由他同意之後和別人訂了婚；忽而想到他竟連紹介外國文學給中國的一點志願也怕難於達到；忽而想到他在這裡靜臥著，不知道他自以為是在等候痊癒，還是等候滅亡；忽而想到他為什麼要寄給我一本精裝的《外套》？……

壁上還有一幅陀思妥也夫斯基[11]的大畫像。對於這先生，我是尊敬，佩服的，但我又恨他殘酷到了冷靜的文章。他布置了精神上的苦刑，一個個拉了不幸的人來，拷問給我們看。現在他用沉鬱的眼光，凝視著素園和他的臥榻，好像在告訴我：這也是可以收在作品裡的不幸的人。

自然，這不過是小不幸，但在素園個人，是相當的大的。

一九三二年八月一日晨五時半，素園終於病歿在北平同仁醫院裡了，一切計畫，一切希望，也同歸於盡。我所抱憾的是因為避禍，燒去了他的信札[12]，我只能將一本《外套》當作唯一的紀念，永遠放在自己的身邊。

自素園病歿之後，轉眼已是兩年了，這其間，對於他，文壇上並沒有人開口。這也不能算是希罕的，他既非天才，也非豪傑，活的時候，既不過在默默中生存，死了之後，當然也只好在默默中泯沒。但對於我們，卻是值得記念的青年，因為他在默默中支持了未名社。

未名社現在是幾乎消滅了，那存在期，也並不長久。然而自素園經營以來，紹介了果戈理（N.Gogol），陀思妥也夫斯基（F.Dostoevsky），安特列夫（L.Andreev），紹介了望．藹覃（F.van Eeden），紹介了愛倫堡（I.Ehrenburg）的《煙袋》和拉夫列涅夫（B.Lavrenev）的《四十一》[13]。還印行了《未名新集》[14]，其中有叢蕪的《君山》，靜農的《地之子》和《建塔者》，我的《朝華夕拾》，在那時候，也都還算是相當可看的作品。事實不為輕薄陰險小兒留情，曾幾何年，他們就都已煙消火滅，然而未名社的譯作，在文苑裡卻至今沒有枯死的。

是的，但素園卻並非天才，也非豪傑，當然更不是高樓的尖頂，或名園的美花，然而他是樓下的一塊石材，園中的一撮泥土，在中國第一要他多。他不入於觀賞者的眼中，只有建築者和栽植者，決不會將他置之度外。

文人的遭殃，不在生前的被攻擊和被冷落，一瞑之後，言行兩亡，於是無聊之徒，謬托知己，是非蜂起，既以自炫，又以賣錢，連死屍也成了他們的沽名獲利之具，這倒是值得悲哀的。現在我以這幾千字紀念我所熟識的素園，但願還沒有營私肥己的處所，此外也別無話說了。

我不知道以後是否還有記念的時候，倘止於這一次，那麼，素園，從此別了！

一九三四年七月十六之夜，魯迅記。

【注釋】

1 本篇最初發表於一九三四年十月上海《文學》月刊第三卷第四號。

2 文學團體，一九二五年秋成立於北京，主要成員有魯迅、韋素園、曹靖華、李霽野、臺靜農等。先後出版過《莽原》半月刊、《未名半月刊》和《未名叢刊》、《未名新集》等。一九三一年秋後因經濟困難，無形解體。

3 李小峰（一八九七－一九七一）江蘇江陰人。北京大學畢業，曾參加新潮社和語絲社，後為北新書局主持人。

4 段祺瑞（一八六四－一九三六）安徽合肥人，北洋皖系軍閥。曾任北洋政府國務總理、北京臨時執政府執政等。

5 林素園，福建人，研究系的小官僚。一九二五年八月，北洋政府教育部為鎮壓北京女子師範大學學潮，下令停辦該校，改為北京女子學院師範部，林被任為師範部學長。同年九月五日，他率領軍警赴女師大實行武裝接收。

6 高長虹，山西盂縣人，狂飆社主要成員之一，是當時一個思想上帶有虛無主義和無政府主義色彩的青年作者。一九二六年十月高長虹等在上海創辦《狂飆》週刊，該刊第二期載有高長虹《給魯迅先生》的通信，其中說：

「接培良來信，說他同韋素園先生大起衝突，原因是為韋先生退還高歌的《剃刀》，又壓下他的《冬天》……現在編輯《莽原》者，且甚至執行編輯之權威者，為韋素園先生也……然權威或可施之於他人，要不應施之於同伴也……今則態度顯然，公然以『退還』加諸我等矣！刀擱頭上矣！到了這時，我還能不出來一理論嗎？」最後他又對魯迅說：「你如願意說話時，我也想聽一聽你的意見。」

7 一九二八年春，未名社出版的《文學與革命》（托洛茨基著，李霽野、韋素園譯）一書在濟南山東省立第一師範學校被扣。北京員警廳據山東軍閥張宗昌電告，於三月二十六日查封未名社，捕去李霽野等三人。至十月始啟封。

8 按魯迅到廣州應是一九二七年初（一月十八日）。

9 俄國作家果戈理所作中篇小說，韋素園的譯本出版於一九二六年九月，為《未名叢刊》之一。據《魯迅日記》，他收到韋素園的贈書是在一九二九年八月三日。

10 伊孛生（Henrik Ibsen，一八二八－一九〇六）通譯易卜生，挪威劇作家。《勃蘭特》是他作的詩劇，劇中人勃蘭特企圖用個人的力量鼓動人們起來反對世俗舊習。他帶領一群信徒上山去尋找理想的境界，在途中，人們不堪登山之苦，對他的理想產生了懷疑，於是把他擊倒，最後他在雪崩下喪生。

11 陀思妥也夫斯基（F.M.Dostoevsky，一八二一－一八八一），俄國作家，著有長篇小說《窮人》、《卡拉馬助夫兄弟》、《罪與罰》等。參看《且介亭雜文二集．陀思妥夫斯基的事》。

12 一九三〇年魯迅因參加中國自由運動大同盟，遭到國民黨當局通緝，次年又因柔石被捕，曾兩次被迫「棄家出走」，出走前燒毀了所存的信札。參看《兩地書．序言》。

13 收入《未名叢刊》中的譯本有：俄國果戈理的小說《外套》（韋素園譯），陀思妥也夫斯基的小説《窮人》（韋叢蕪譯），安特列夫（一八七一—一九一九）的劇本《往星中》和《黑假面人》（李霽野譯），荷蘭望·藹覃（一八六〇—一九三二）的童話《小約翰》（魯迅譯），蘇聯愛倫堡（一八九一—一九六七）等七人的短篇小説集《煙袋》（曹靖華輯譯），蘇聯拉甫列涅夫（一八九一—一九五九）的中篇小説《第四十一》（曹靖華譯）。

14 《未名新集》未名社印行的專收創作的叢刊。《君山》是詩集，《地之子》和《建塔者》都是短篇小説集。

憶劉半農君[1]

這是小峰出給我的一個題目。

這題目並不出得過分。半農[2]去世，我是應該哀悼的，因為他也是我的老朋友。但是，這是十來年前的話了，現在呢，可難說得很。

我已經忘記了怎麼和他初次會面，以及他怎麼能到了北京。他到北京，恐怕是在《新青年》[3]投稿之後，由蔡孑民[4]先生或陳獨秀[5]先生去請來的，到了之後，當然更是《新青年》裡的一個戰士。

他活潑，勇敢，很打了幾次大仗。譬如罷，答王敬軒的雙鐄信[6]，「她」字和「牠」字的創造[7]，就都是的。這兩件，現在看起來，自然是瑣屑得很，但那是十多年前，單是提倡新式標點，就會有一大群人「若喪考妣」，恨不得「食肉寢皮」的時候，所以的確是「大仗」。現在的二十左右的青年，大約很少有人知道三十年前，單是剪下辮子就會坐牢或殺頭的了。然而這曾經是事實。

但半農的活潑，有時頗近於草率，勇敢也有失之無謀的地方。但是，要商量襲擊敵人的時候，他還是好夥伴，進行之際，心口並不相應，或者暗暗的給你一刀，他是決不會的。倘若失了算，那是因為沒有算好的緣故。

《新青年》每出一期，就開一次編輯會，商定下一期的稿件。其時最惹我注意的是陳獨秀和胡適之。假如將韜略比作一間倉庫罷，獨秀先生的是外面豎一面大旗，大書道：「內皆武器，來者小心！」但那門卻開著的，裡面有幾枝槍，幾把刀，一目了然，用不著提防。

適之先生的是緊緊的關著門，門上黏一條小紙條道：「內無武器，請勿疑慮。」這自然可以是真的，但有些人——至少是我這樣的人——有時總不免要側著頭想一想。半農卻是令人不覺其有「武庫」的一個人，所以我佩服陳胡，卻親近半農。

所謂親近，不過是多談閒天，一多談，就露出了缺點。幾乎有一年多，他沒有消失掉從上海帶來的才子必有「紅袖添香夜讀書」的艷福的思想，好容易才給我們罵掉了。但他好像到處都這麼的亂說，使有些「學者」皺眉。有時候，連到《新青年》投稿都被排斥。他很勇於寫稿，但試去看舊報去，很有幾期是沒有他的。那些人們批評他的為人，是：淺。

不錯，半農確是淺。但他的淺，卻如一條清溪，澄澈見底，縱有多少沉渣和腐草，也不掩其大體的清。倘使裝的是爛泥，一時就看不出它的深淺來了；如果是爛泥的深淵呢，那就更不如淺一點的好。

但這些背後的批評，大約是很傷了半農的心的，他的到法國留學，我疑心大半就為此。我最懶於通信，從此我們就疏遠起來了。他回來時，我才知道他在外國鈔古書，後來也要標點《何典》[8]，我那時還以老朋友自居，在序文上說了幾句老實話，事後，才知道半農頗不高興了，「駟不及舌」[9]，也沒有法子。另外還有一回關於《語絲》的彼此心照的不快活[10]。五六年前，曾在上海的宴會上見過一回面，那時候，我們幾乎已經無話可談了。

近幾年，半農漸漸的據了要津，我也漸漸的更將他忘卻；但從報章上看見他禁稱「蜜斯」[11]之類，卻很起了反感：我以為這些事情是不必半農來做的。從去年來，又看見他不斷的做打油詩，弄爛古文[12]，回想先前的交情，也往往不免長嘆。我想，假如見面，而我還以老朋友自居，不給一個「今天天氣……哈哈哈」完事，那就也許會弄到衝突的罷。

不過，半農的忠厚，是還使我感動的。我前年曾到北平，後來有人通知我，半農是要來看我的，有誰恐嚇了他一下，不敢來了。這使我很慚愧，因為我到北平後，實在未曾有過訪問半農的心思。

現在他死去了，我對於他的感情，和他生時也並無變化。我愛十年前的半農，而憎惡他的近幾年。這憎惡是朋友的憎惡，因為我希望他常是十年前的半農，他的為戰士，即使「淺」罷，卻於中國更為有益。我願以憤火照出他的戰績，免使一群陷沙鬼將他先前的光榮和死屍一同拖入爛泥的深淵。

八月一日。

【注釋】

1 本篇最初發表於一九三四年十月上海《青年界》月刊第六卷第三期。

2 劉半農（一八九一－一九三四），名復，江蘇江陰人。歷任北京大學教授、北平大學女子文理學院院長等。他曾參加《新青年》的編輯工作，是新文學運動初期重要作家之一。後留學法國，研究語音學。著有《半農雜文》、詩集《揚鞭集》以及《中國文法通論》、《四聲實驗錄》等。

3 綜合性月刊，「五四」時期倡導新文化運動、傳播馬克思主義的重要刊物。一九一五年九月創刊於上海，由陳獨秀主編。第一卷名《青年雜誌》，第二卷起改名《新青年》。一九一六年底遷至北京。從一九一八年一月起，李大釗等參加編輯工作。一九二二年七月休刊，共出九卷，每卷六期。

4 蔡孑民（一八六八—一九四〇）蔡元培，字鶴卿，號孑民，浙江紹興人，近代教育家。反清革命組織光復會的創始人之一，後又參加同盟會，民國成立後曾任教育總長、北京大學校長等職；「五四」時期贊成和支持新文化運動。

5 陳獨秀（一八八〇—一九四二）字仲甫，安徽懷寧人。原為北京大學教授，《新青年》雜誌的創辦人，「五四」時期提倡新文化運動的主要人物。一九二一年中國共產黨成立後，任黨的總書記。第一次國內革命戰爭後期，推行右傾投降主義路線，使革命遭到失敗。之後，他成了取消主義者，又和托洛茨基分子相勾結，成立反黨小組織，於一九二九年十一月被開除出黨。

6 一九一八年初，《新青年》為了推動文學革命運動，開展對復古派的鬥爭，曾由編者之一錢玄同化名王敬軒，把當時社會上反對新文化運動的論調集中起來，摹仿封建復古派口吻寫信給《新青年》編輯部，又由劉半農寫回信痛加批駁。兩信同時發表在當年三月《新青年》第四卷第三號。

7 劉半農在一九二〇年六月六日所作《她字問題》一文中主張創造「她」、「牠」二字，他說：「一，中國文字中，要不要有一個第三位陰性代詞？二，如其要的，我們能不能就用『她』字？……我現在還覺得第三位代詞，除『她』字外，應當再取一個『牠』字，以代無生物。」（見《半農雜文》）

8 清代張南莊（署名「過路人」）編著，是運用俗諺寫成、帶有諷刺而流於油滑的章回體小說，共十回，清光緒四年（一八七八）上海申報館出版。一九二六年六月，劉半農將此書標點重印，魯迅曾為它作題記，現收入《集外集拾遺》。

9 語出《論語·顏淵》，據朱熹《集注》：「言出於舌，駟馬不能追之。」

10 《語絲》第四卷第九期（一九二八年二月二十七日）曾發表劉半農的《林則徐照會英吉利國王公

文》，其中說林則徐被英人俘虜，並且「明正了典刑，在印度舁屍遊街」。不久有讀者洛卿來信指出這是史實性的錯誤，《語絲》第四卷第十四期（同年四月二日）發表了這封信，從此劉半農就不再給《語絲》寫稿。

11 見一九三一年四月一日北平《世界日報》所載劉半農答記者的談話。其中說他不贊成學生間以密斯互稱，在一九三〇年他任北平大學女子文理學院院長時即曾加以禁止；他主張廢棄「帶有奴性的」密斯稱呼，而代以國語中原有的姑娘、小姐、女士等。密斯，英語Miss的音譯，小姐的意思。

12 指劉半農於一九三三年至一九三四年間發表於《論語》、《人間世》等刊物的《桐花芝豆堂詩集》和《雙鳳凰磚齋小品文》等。參看《准風月談·「感舊」以後（下）》。

答曹聚仁先生信[1]

聚仁[2]先生：

關於大眾語的問題，提出得真是長久了，我是沒有研究的，所以一向沒有開過口。但是現在的有些文章覺得不少是「高論」，文章雖好，能說而不能行，一下子就消滅，而問題卻依然如故。

現在寫一點我的簡單的意見在這裡：

一，漢字和大眾，是勢不兩立的。

二，所以，要推行大眾語文，必須用羅馬字拼音[3]（即拉丁化，現在有人分為兩件事，我不懂是怎麼一回事），而且要分為多少區，每區又分為小區（譬如紹與一個地方，至少也得分為四小區），寫作之初，純用其地的方言，但是，人們是要前進的，那時原有方言一定不夠，就只好採用白話，歐字，甚而至於語法。但，在交通繁盛，言語混雜的地方，又有一種語文，是比較普通的東西，它已經採用著新字彙，我想，這就是「大眾語」的雛形，它的字彙和語法，即可以輸進窮鄉僻壤去。中國人是無論如何，在將來必有非通幾種中國語不可的運命的，這事情，由教育與交通，可以辦得到。

三，普及拉丁化，要在大眾自掌教育的時候。現在我們所辦得到的是：（甲）研究拉丁化法；（乙）試用廣東話之類，讀者較多的言語，做出東西來看；（丙）竭力將白話做得淺豁，使能懂的人增多，但精密的所謂「歐化」語文，仍應支持，因為講話倘要精密，中國原有的語法是不夠的，而中國的大眾語文，也決不會永久含糊下去。譬如罷，反對歐化者所說的歐化，就不是中國固有字，有些新字眼，新語法，是會有非用不可的時候的。

四，在鄉僻處啟蒙的大眾語，固然應該純用方言，但一面仍然要改進。譬如「媽的」一句話罷，鄉下是有許多意義的，有時罵罵，有時佩服，有時讚嘆，因為他說不出別樣的話來。先驅者的任務，是在給他們許多話，可以發表更明確的意思，同時也可以明白更精確的意義。如果也照樣的寫著「這媽的天氣真是媽的，媽的再這樣，什麼都要媽的了」，那麼於大眾有什麼益處呢？

五，至於已有大眾語雛形的地方，我以為大可以依此為根據而加以改進，太僻的土語，是不必用的。例如上海叫「打」為「吃生活」，可以用於上海人的對話，卻不必特用於作者的敘事中，因為說「打」，工人也一樣的能夠懂。有些人以為如「像煞有介事」之類，已經通行，也是不確的話，北方人對於這句話的理解，和江蘇人是不一樣的，那感覺並不比「儼乎其然」切實。

語文和口語不能完全相同；講話的時候，可以夾許多「這個這個」「那個那個」之類，其實並無意義，到寫作時，為了時間，紙張的經濟，意思的分明，就要分別刪去的，所以文章一定應該比口語簡潔，然而明瞭，有些不同，並非文章的壞處。

所以現在能夠實行的，我以為是（一）制定羅馬字拼音（趙元任[4]的太繁，用不來的）；（二）做更淺顯的白話文，採用較普通的方言，姑且算是向大眾語去的作品，至於思想，那不消說，該是「進步」的；（三）仍要支持歐化文法，當作一種後備。

還有一層，是文言的保護者，現在也有打了大眾語的旗子的了，他一方面，是立論極高，使大眾語懸空，做不得；別一方面，借此攻擊他當面的大敵——白話。

這一點也須注意的。要不然，我們就會自己繳了自己的械。專此布覆，即頌時綏。

迅上。八月二日。

【注釋】

1 本篇最初發表於一九三四年八月上海《社會月報》第一卷第三期。

一九三四年五月，汪懋祖在南京《時代公論》週刊第一一〇號發表《禁習文言與強令讀經》一文，鼓吹文言，提倡讀經。當時吳研因在南京、上海報紙同時發表《駁小學參教文言中學讀孟子》一文加以反駁，於是在文化界展開了關於文言與白話的論戰。

同年六月十八、十九日《申報·自由談》先後刊出了陳子展的《文言——白話——大眾語》和陳望道的《關於大眾語文學的建設》二文，提出了有關語文改革的大眾語問題；隨後各報刊陸續發表不少文章，展開了關於大眾語問題的討論。

七月二十五日，當時《社會月報》編者曹聚仁發出一封徵求關於大眾語的意見的信，信中提出五個問題：「一、大眾語文的運動，當然繼承著白話文運動國語運動而來的；究竟在現在，有沒有劃分新階段，提倡大眾語的必要？二、白話文運動為什麼會停滯下來？為什麼新文人（五四運動以後的文人）隱隱都有復古的傾向？三、白話文成為特殊階級（知識分子）的獨占工具，和一般民眾並不發生關涉；究竟如何方能使白話文成為大眾的工具？四、大眾語文的建設，還是先定了標準的一元國語，逐漸推廣，使方言漸漸消滅？還是先就各大區的方言，建設多元的大眾語文，逐漸集中以造成一元的國語？五、大眾語文的作品，用什麼方式去寫成？民眾所慣用的方式，我們如何棄取？」

魯迅這一篇雖分五點作答，但並不針對曹聚仁來信所提的問題。他在同年七月二十九日致曹聚仁的另一信中曾針對這五個問題作了答覆（見《魯迅書信集》）。

2 曹聚仁（一九〇〇—一九七二）浙江浦江人，作家，曾任暨南大學教授和《濤聲》週刊主編。

3 泛指用拉丁字母（即羅馬字母）拼音。一九二八年，國民黨政府教育部（當時稱大學院，蔡元培任院長）公布了「國語羅馬字拼音法式」。這個文字改革方案由「國語羅馬字研究委員會」的部分會員及劉復等人制定，趙元任是主要製作人。這種方案用拼法變化表示聲調，有繁細的拼調規則，比較難學。一九三一年，吳玉章等又擬定了「拉丁化新文字」，它不標聲調，比較簡單；一九三三年起各地相繼成立各種團體，進行推廣。

4 趙元任，江蘇武進人，語言學家。歷任清華大學中國文學系教授、中央研究院語言研究所專任研究員。著有《現代英語之研究》、《國語羅馬字常用字表》等。

從孩子的照相說起[1]

因為長久沒有小孩子，曾有人說，這是我做人不好的報應，要絕種的。房東太太討厭我的時候，就不准她的孩子們到我這裡玩，叫作「給他冷清冷清，冷清得他要死！」但是，現在卻有了一個孩子，雖然能不能養大也很難說，然而目下總算已經頗能說些話，發表他自己的意見了。不過不會說還好，一會說，就使我覺得他彷彿也是我的敵人。

他有時對於我很不滿，有一回，當面對我說：「我做起爸爸來，還要好……」甚而至於頗近於「反動」，曾經給我一個嚴厲的批評道：「這種爸爸，什麼爸爸?!」

我不相信他的話。做兒子時，以將來的好父親自命，待到自己有了兒子的時候，先前的宣言早已忘得一乾二淨了。況且我自以為也不算怎麼壞的父親，雖然有時也要罵，甚至於打，其實是愛他的。所以他健康，活潑，頑皮，毫沒有被壓迫得瘟頭瘟腦。如果真的是一個「什麼爸爸」，他還敢當面發這樣反動的宣言麼？

但那健康和活潑，有時卻也使他吃虧，九一八事件後，就被同胞誤認為日本孩子，罵了好幾回，還挨過一次打——自然是並不重的。這裡還要加一句說的聽的，都不十分舒服的話：近一年多以來，這樣的事情可是一次也沒有了。

中國和日本的小孩子，穿的如果都是洋服，普通實在是很難分辨的。但我們這裡的有些人，卻有一種錯誤的速斷法：溫文爾雅，不大言笑，不大動彈的，是中國孩子；健壯活潑，不怕生人，大叫大跳的，是日本孩子。

然而奇怪，我曾在日本的照相館裡給他照過一張相，滿臉頑皮，也真像日本孩子；後來又在中國的照相館裡照了一張相，相類的衣服，然而面貌很拘謹，馴良，是一個道地的中國孩子了。

為了這事，我曾經想了一想。

這不同的大原因，是在照相師的。他所指示的站或坐的姿勢，兩國的照相師先就不相同，站定之後，他就瞪了眼睛，覗機攝取他以為最好的一剎那的相貌。孩子被擺在照相機的鏡頭之下，表情是總在變化的，時而活潑，時而頑皮，時而馴良，時而拘謹，時而煩厭，時而疑懼，時而無畏，時而疲勞……。照住了馴良和拘謹的一剎那的，是中國孩子相；照住了活潑或頑皮的一剎那的，就好像日本孩子相。

馴良之類並不是惡德。但發展開去，對一切事無不馴良，卻決不是美德，也許簡直倒是沒出息。「爸爸」和前輩的話，固然也要聽的，但也須說得有道理。假使有一個孩子，自以為事事都不如人，鞠躬倒退；或者滿臉笑容，實際上卻總是陰謀暗箭，我實在寧可聽到當面罵我「什麼東西」的爽快，而且希望他自己是一個東西。

但中國一般的趨勢，卻只在向馴良之類──「靜」的一方面發展，低眉順眼，唯唯諾諾，才算一個好孩子，名之曰「有趣」。活潑，健康，頑強，挺胸仰面……凡是屬於「動」的，那就未免有人搖頭了，甚至於稱之為「洋氣」。又因為多年受著侵略，就和這「洋氣」為仇；更進一步，則故意和這「洋氣」反一調：他們活動，我偏靜坐；他們講科學，我偏扶乩；他們穿短衣，我偏著長衫；他們重衛生，我偏吃蒼蠅；他們壯健，我偏生病……這才是保存中國固有文化，這才是愛國，這才不是奴隸性。

其實，由我看來，所謂「洋氣」之中，有不少是優點，也是中國人性質中所本有的，但因了歷朝的壓抑，已經萎縮了下去，現在就連自己也莫名其妙，統統送給洋人了。這是必須拿它回來——恢復過來的——自然還得加一番慎重的選擇。

即使並非中國所固有的罷，只要是優點，我們也應該學習。即使那老師是我們的仇敵罷，我們也應該向他學習。我在這裡要提出現在大家所不高興說的日本來，他的會摹仿，少創造，是為中國的許多論者所鄙薄的，但是，只要看看他們的出版物和工業品，早非中國所及，就知道「會摹仿」決不是劣點，我們正應該學習這「會摹仿」的。「會摹仿」又加以有創造，不是更好麼？否則，只不過是一個「恨恨而死」[2]而已。

我在這裡還要附加一句像是多餘的聲明：我相信自己的主張，決不是「受了帝國主義者的指使」[3]，要誘中國人做奴才；而滿口愛國，滿身國粹，也於實際上的做奴才並無妨礙。

八月七日。

【注釋】

1 本篇最初發表於一九三四年八月二十日《新語林》半月刊第四期，署名孺牛。

2 指空自憤恨不平而不去進行實際的改革工作。參看《熱風·隨感錄六十二恨恨而死》。

3 一九三四年七月二十五日作者在《申報．自由談》發表了《玩笑只當它玩笑（上）》一文，批判當時某些藉口反對歐化句法而攻擊白話文的人；八月七日，文公直在同刊發表致作者的公開信，說他主張採用歐化句法是「受了帝國主義者的指使」。參看《花邊文學．玩笑只當它玩笑（上）》一文的附錄。

門外文談[1]

一、開頭

聽說今年上海的熱，是六十年來所未有的。白天出去混飯，晚上低頭回家，屋子裡還是熱，並且加上蚊子。這時候，只有門外是天堂。因為海邊的緣故罷，總有些風，用不著揮扇。雖然彼此有些認識，卻不常見面的寓在四近的亭子間或閣樓裡的鄰人也都坐出來了，他們有的是店員，有的是書局裡的校對員，有的是製圖工人的好手。大家都已經做得筋疲力盡，嘆著苦，但這時總還算有閒的，所以也談閒天。

閒天的範圍也並不小：談旱災，談求雨，談吊膀子，談三寸怪人乾，談洋米，談裸腿[2]，也談古文，談白話，談大眾語。因為我寫過幾篇白話文，所以關於古文之類他們特別要聽我的話，我也只好特別說的多。這樣的過了兩三夜，才給別的話岔開，也總算談完了。不料過了幾天之後，有幾個還要我寫出來。

他們裡面，有的是因為我看過幾本古書，所以相信我的，有的是因為我看過一點洋書，有的又因為我看古書也看洋書；但有幾位卻因此反不相信我，說我是蝙蝠。我說到古文，他就笑道，你不是唐宋八大家[3]，能信麼？我談到大眾語，他又笑道：你又不是勞苦大眾，講什麼海話呢？

這也是真的。我們講旱災的時候，就講到一位老爺下鄉查災，說有些地方是本可以不成災的，現在成災，是因為農民懶，不戽水。但一種報上，卻記著一個六十老翁，因兒子戽水乏力而死，災象如故，無路可走，自殺了。老爺和鄉下人，意見是真有這麼的不同的。那麼，我的夜談，恐怕也終不過是一個門外閒人的空話罷了。

颶風過後，天氣也涼爽了一些，但我終於照著希望我寫的幾個人的希望，寫出來了，比口語簡單得多，大致卻無異，算是抄給我們一流人看的。當時只憑記憶，亂引古書，說話是耳邊風，錯點不打緊，寫在紙上，卻使我很躊躇，但自己又苦於沒有原書可對，這只好請讀者隨時指正了。

一九三四年，八月十六夜，寫完並記。

二、字是什麼人造的？

字是什麼人造的？

我們聽慣了一件東西，總是古時候一位聖賢所造的故事，對於文字，也當然要有這質問。但立刻就有忘記了來源的答話：字是倉頡[4]造的。

這是一般的學者的主張，他自然有他的出典。我還見過一幅這位倉頡的畫像，是生著四隻眼睛的老頭陀。可見要造文字，相貌先得出奇，我們這種只有兩只眼睛的人，是不但本領不夠，連相貌也不配的。

然而做《易經》[5]的人（我不知道是誰），卻比較的聰明，他說：「上古結繩而治，後世聖人易之以書契。」他不說倉頡，只說「後世聖人」，不說創造，只說掉換，真是謹慎得很；也許他無意中就不相信古代會有一個獨自造出許多文字來的人的了，所以就只是這麼含含糊胡的來一句。

但是，用書契來代結繩的人，又是什麼角色呢？文學家？不錯，從現在的所謂文學家的最要賣弄文字，奪掉筆桿便一無所能的事實看起來，的確首先就要想到他；他也的確應該給自己的吃飯傢伙出點力。然而並不是的。有史以前的人們，雖然勞動也唱歌，求愛也唱歌，他卻並不起草，或者留稿子，因為他做夢也想不到賣詩稿，編全集，而且那時的社會裡，也沒有報館和書舖子，文字毫無用處。據有些學者告訴我們的話來看，這在文字上用了一番工夫的，想來該是史官了。

原始社會裡，大約先前只有巫，待到漸次進化，事情繁複了，有些事情，如祭祀，狩獵，戰爭……之類，漸有記住的必要，巫就只好在他那本職的「降神」之外，一面也想法子來記事，這就是「史」的開頭。況且「升中於天」[6]，他在本職上，也得將記載酋長和他的治下的大事的冊子，燒給上帝看，因此一樣的要做文章——雖然這大約是後起的事。

再後來，職掌分得更清楚了，於是就有專門記事的史官。文字就是史官必要的工具，古人說：「倉頡，黃帝史。」[7]第一句未可信，但指出了史和文字的關係，卻是很有意思的。至於後來的「文學家」用它來寫「啊呀呀，我的愛喲，我要死了！」

那些佳句，那不過是享享現成的罷了，「何足道哉」！

三、字是怎麼來的？

照《易經》說，書契之前明明是結繩；我們那裡的鄉下人，碰到明天要做一件緊要事，怕得忘記時，也常常說：「褲帶上打一個結！」那麼，我們的古聖人，是否也用一條長繩，有一件事就打一個結呢？恐怕是不行的。只有幾個結還記得，一多可就糟了。或者那正是伏羲皇上的「八封」[8]之流，三條繩一組，都不打結是「乾」，中間各打一結是「坤」罷？恐怕也不對。八組尚可，六十四組就難記，何況還會有五百十二組呢。

只有在秘魯還有存留的「打結字」（Quippus）[9]，用一條橫繩，掛上許多直繩，拉來拉去的結起來，網不像網，倒似乎還可以表現較多的意思。我們上古的結繩，恐怕也是如此的罷。但它既然被書契掉換，又不是書契的祖宗，我們也不妨暫且不去管它了。

夏禹的「岣嶁碑」[10]是道士們假造的；現在我們能在實物上看見的最古的文字，只有商朝的甲骨和鐘鼎文。但這些，都已經很進步了，幾乎找不出一個原始形態。只在銅器上，有時還可以看見一點寫實的圖形，如鹿，如象，而從這圖形上，又能發見和文字相關的線索：中國文字的基礎是「象形」。

畫在西班牙的亞勒泰米拉（Altamira）洞[11]裡的野牛，是有名的原始人的遺跡，許多藝術史家說，這正是「為藝術的藝術」，原始人畫著玩玩的。但這解釋未免過於「摩登」，因為原始人沒有十九世紀的文藝家那麼有閒，他的畫一隻牛，是有緣故的，為的是關於野牛，或者是獵取野牛，禁咒野牛的事。

現在上海牆壁上的香煙和電影的廣告畫，尚且常有人張著嘴巴看，在少見多怪的原始社會裡，有了這麼一個奇蹟，那轟動一時，就可想而知了。他們一面看，知道了野牛這東西，原來可以用線條移在別的平面上，同時彷彿也認識了一個「牛」字，一面也佩服這作者的才能，但沒有人請他作自傳賺錢，所以姓氏也就湮沒了。但在社會裡，倉頡也不止一個，有的在刀柄上刻一點圖，有的在門戶上畫一些畫，心心相印，口口相傳，文字就多起來，史官一採集，便可以敷衍記事了。中國文字的由來，恐怕也逃不出這例子的。

自然，後來還該有不斷的增補，這是史官自己可以辦到的，新字夾在熟字中，又是象形，別人也容易推測到那字的意義。直到現在，中國還在生出新字來。但是，硬做新倉頡，卻要失敗的，吳的朱育，唐的武則天，都曾經造過古怪字[12]，也都白費力。現在最會造字的是中國化學家，許多原質和化合物的名目，很不容易認得，連音也難以讀出來了。老實說，我是一看見就頭痛的，覺得遠不如就用萬國通用的拉丁名來得爽快，如果二十來個字母都認不得，請恕我直說：那麼，化學也大抵學不好的。

四、寫字就是畫畫

《周禮》和《說文解字》[13]上都講文字的構成法有六種，這裡且不談罷，只說些和「象形」有關的東西。

象形，「近取諸身，遠取諸物」[14]，就是畫一隻眼睛是「目」，畫一個圓圈，放幾條毫光是「日」，那自然很明白，便當的。但有時要碰壁，譬如要畫刀口，怎麼辦呢？不畫刀背，也顯不出刀口來，這時就只好別出心裁，在刀口上加一條短棍，算是指明「這個地方」的意思，造了「刃」。這已經頗有些辦事棘手的模樣了，何況還有無形可象的事件，於是只得來「象意」[15]，也叫作「會意」。一隻手放在樹上是「採」，一顆心放在屋子和飯碗之間是「寍」，有吃有住，安寍了。但要寫「寧可」的寧，卻又得在碗下面放一條線，表明這不過是用了「寍」的聲音的意思。「會意」比「象形」更麻煩，它至少要畫兩樣。如「寶」字，則要畫一個屋頂，一串玉，一個缶，一個貝，計四樣；我看「缶」字還是杵臼兩形合成的，那麼一共有五樣。單單為了畫這一個字，就很要破費些工夫。

不過還是走不通，因為有些事物是畫不出，有些事物是畫不來，譬如松柏，葉樣不同，原是可以分出來的，但寫字究竟是寫字，不能像繪畫那樣精工，到底還是硬挺不下去。來打開這僵局的是「諧聲」，意義和形象離開了關係。這已經是「記音」了，所以有人說，這是中國文字的進步。

不錯，也可以說是進步，然而那基礎也還是畫畫兒。例如「菜，從草，采聲」，畫一窠草，一個爪，一株樹：三樣；「海，從水，每聲」，畫一條河，一位戴帽（？）的太太，也三樣。總之：如果要寫字，就非永遠畫畫不成。

但古人是並不愚蠢的，他們早就將形象改得簡單，遠離了寫實。篆字圓折，還有圖畫的餘痕，從隸書到現在的楷書[16]，和形象就天差地遠。不過那基礎並未改變，天差地遠之後，就成為不象形的象形字，寫起來雖然比較的簡單，認起來卻非常困難了，要憑空一個一個的記住。而且有些字，也至今並不簡單，例如「鸞」或

「鑿」，去叫孩子寫，非練習半年六月，是很難寫在半寸見方的格子裡面的。

還有一層，是「諧聲」字也因為古今字音的變遷，很有些和「聲」不大「諧」的了。現在還有誰讀「滑」為「骨」，讀「海」為「每」呢？

古人傳文字給我們，原是一份重大的遺產，應該感謝的。但在成了不象形的象形字，不十分諧聲的諧聲字的現在，這感謝卻只好躊躕一下了。

五、古時候言文一致麼？

到這裡，我想來猜一下古時候言文是否一致的問題。

對於這問題，現在的學者們雖然並沒有分明的結論，但聽他口氣，好像大概是以為一致的；越古，就越一致[17]。不過我卻很有些懷疑，因為文字愈容易寫，就愈容易寫得和口語一致，但中國卻是那麼難畫的象形字，也許我們的古人，向來就將不關重要的詞摘去了的。

《書經》[18]有那麼難讀，似乎正可作照寫口語的證據，但商周人的的確的口語，現在還沒有研究出，還要繁也說不定的。至於周秦古書，雖然作者也用一點他本地的方言，而文字大致相類，即使和口語還相近罷，用的也是周秦白話，並非周秦大眾語。

漢朝更不必說了，雖是肯將《書經》裡難懂的字眼，翻成今字的司馬遷[19]，也不過在特別情況之下，採用一點俗語，例如陳涉的老朋友看見他為王，驚異道：「夥頤，涉之為王沉沉者」[20]，而其中的「涉之為王」四個字，我還疑心太史公加過修剪的。

那麼，古書裡採錄的童謠，諺語，民歌，該是那時的老牌俗語罷。我看也很難說。中國的文學家，是頗有愛改別人文章的脾氣的。最明顯的例子是漢民間的《淮南王歌》[21]，同一地方的同一首歌，《漢書》和《前漢紀》[22]記的就兩樣。

一面是——

一尺布，尚可縫；

一斗粟，尚可舂。

兄弟二人，不能相容。

一面卻是——

一尺布，暖童童；
一斗粟，飽蓬蓬。
兄弟二人不相容。

比較起來，好像後者是本來面目，但已經刪掉了一些也說不定的：只是一個提要。後來宋人的語錄，話本，元人的雜劇和傳奇裡的科白，也都是提要，只是它用字較為平常，刪去的文字較少，就令人覺得「明白如話」了。

我的臆測，是以為中國的言文，一向就並不一致的，大原因便是字難寫，只好節省些。當時的口語的摘要，是古人的文；古代的口語的摘要，是後人的古文。所以我們的做古文，是在用了已經並不象形的象形字，未必一定諧聲的諧聲字，在紙上描出今人誰也不說，懂的也不多的，古人的口語的摘要來。你想，這難不難呢？

六、於是文章成為奇貨了

文字在人民間萌芽，後來卻一定為特權者所收攬。據《易經》的作者所推測，「上古結繩而治」，則連結繩就已是治人者的東西。待到落在巫史的手裡的時候，更不必說了，他們都是酋長之下，萬民之上的人。社會改變下去，學習文字的人們的範圍也擴大起來，但大抵限於特權者。至於平民，那是不識字的，並非缺少學費，只因為限於資格，他不配。而且連書籍也看不見。中國在刻版還未發達的時候，有一部好書，往往是「藏之秘閣，副在三館」[23]，連做了士子，也還是不知道寫著什麼的。

因為文字是特權者的東西，所以它就有了尊嚴性，並且有了神秘性。中國的字，到現在還很尊嚴，我們在牆壁上，就常常看見掛著寫上「敬惜字紙」的簍子；至於符的驅邪治病，那就靠了它的神秘性的。文字既然含著尊嚴性，那麼，知道文字，這人也就連帶的尊嚴起來了。新的尊嚴者日出不窮，對於舊的尊嚴者就不利，而且知道文字的人們一多，也會損傷神秘性的。

符的威力，就因為這好像是字的東西，除道士以外，誰也不認識的緣故。

所以，對於文字，他們一定要把持。歐洲中世，文章學問都在道院裡；克羅蒂亞（Kroatia）[24]，是到了十九世紀，識字的還只有教士的，人民的口語，退步到對於舊生活剛夠用。他們革新的時候，就只好從外國借進許多新語來。

我們中國的文字，對於大眾，除了身分，經濟這些限制之外，卻還要加上一條高門檻：難。單是這條門檻，倘不費他十來年工夫，就不容易跨過。跨過了的，就是士大夫，而這些士大夫，又竭力的要使文字更加難起來，因為這可以使他特別的尊嚴，超出別的一切平常的士大夫之上。

漢朝的楊雄的喜歡奇字，就有這毛病的，劉歆想借他的《方言》稿子，他幾乎要跳黃浦。[25]唐朝呢，樊宗師的文章做到別人點不斷[26]，李賀的詩做到別人看不懂[27]，也都為了這緣故。還有一種方法是將字寫得別人不認識，下焉者，是從《康熙字典》[28]上查出幾個古字來，夾進文章裡面去；上焉者是錢坫的用篆字來寫劉熙的《釋名》[29]，最近還有錢玄同先生的照《說文》字樣給太炎先生抄《小學答問》。[30]

文字難，文章難，這還都是原來的；這些上面，又加以士大夫故意特製的難，卻還想它和大眾有緣，怎麼辦得到。但士大夫們也正願其如此，如果文字易識，大家都會，文字就不尊嚴，他也跟著不尊嚴了。說白話不如文言的人，就從這裡出發的；現在論大眾語，說大眾只要教給「千字課」[31]就夠的人，那意思的根柢也還是在這裡。

七、不識字的作家

用那麼艱難的文字寫出來的古語摘要，我們先前也叫「文」，現在新派一點的叫「文學」，這不是從「文學子游子夏」[32]上割下來的，是從日本輸入，他們的對於英文 Literature 的譯名。會寫寫這樣的「文」的，現在是寫白話也可以了，就叫作「文學家」，或者叫「作家」。

文學的存在條件首先要會寫字，那麼，不識字的文盲群裡，當然不會有文學家的了。然而作家卻有的。你們不要太早的笑我，我還有話說。我想，人類是在未有文字之前，就有了創作的，可惜沒有人記下，也沒有法子記下。

我們的祖先的原始人，原是連話也不會說的，為了共同勞作，必需發表意見，才漸漸的練出複雜的聲音來，假如那時大家抬木頭，都覺得吃力了，卻想不到發表，其中有一個叫道「杭育杭育」，那麼，這就是創作；大家也要佩服，應用的，這就等於出版；倘若用什麼記號留存了下來，這就是文學；他當然就是作家，也是文學家，是「杭育杭育派」[33]。不要笑，這作品確也幼稚得很，但古人不及今人的地方是很多的，這正是其一。

就是周朝的什麼「關關雎鳩，在河之洲，窈窕淑女，君子好逑」罷，它是《詩經》[34]裡的頭一篇，所以嚇得我們只好磕頭佩服，假如先前未曾有過這樣的一篇詩，現在的新詩人用這意思做一首白話詩，到無論什麼副刊上去投稿試試罷，我看十分之九是要被編輯者塞進字紙簍去的。「漂亮的好小姐呀，是少爺的好一對兒！」什麼話呢？

就是《詩經》的《國風》裡的東西，好許多也是不識字的無名氏作品，因為比較的優秀，大家口口相傳的。王官[35]們檢出它可作行政上參考的記錄了下來，此外消滅的正不知有多少。

希臘人荷馬——我們姑且當作有這樣一個人——的兩大史詩[36]，也原是口吟，現存的是別人的記錄。東晉到齊陳的《子夜歌》和《讀曲歌》[37]之類，唐朝的《竹枝詞》和《柳枝詞》[38]之類，原都是無名氏的創作，經文人的採錄和潤色之後，留傳下來的。這一潤色，留傳固然留傳了，但可惜的是一定失去了許多本來面目。到現在，到處還有民謠，山歌，漁歌等，這就是不識字的詩人的作品；也傳述著童話和故事，這就是不識字的小說家的作品；他們，就都是不識字的作家。

但是，因為沒有記錄作品的東西，又很容易消滅，流布的範圍也不能很廣大，知道的人們也就很少了。偶有一點為文人所見，往往倒吃驚，吸入自己的作品中，作為新的養料。舊文學衰頹時，因為攝取民間文學或外國文學而起一個新的轉變，這例子是常見於文學史上的。不識字的作家雖然不及文人的細膩，但他卻剛健，清新。

要這樣的作品為大家所共有，首先也就是要這作家能寫字，同時也還要讀者們能識字以至能寫字，一句話：將文字交給一切人。

八、怎麼交代？

將文字交給大眾的事實，從清朝末年就已經有了的。

「莫打鼓，莫打鑼，聽我唱個太平歌……」是欽頒的教育大眾的俗歌[39]；此外，士大夫也辦過一些白話報[40]，但那主意，是只要大家聽得懂，不必一定寫得出。《平民千字課》就帶了一點寫得出的可能，但也只夠記賬，寫信。倘要寫出心裡所想的東西，它那限定的字數是不夠的。譬如牢監，的確是給了人一塊地，不過它有限制，只能在這圈子裡行立坐臥，斷不能跑出設定了的鐵柵外面去。

勞乃宣和王照[41]他兩位都有簡字，進步得很，可以照音寫字了。民國初年，教育部要製字母，他們倆都是會員，勞先生派了一位代表，王先生是親到的，為了入聲存廢問題，曾和吳稚暉[42]先生大戰，戰得吳先生肚子一凹，棉褲也落了下來。但結果總算幾經斟酌，製成了一種東西，叫作「注音字母」。那時很有些人，以為可以替代漢字了，但實際上還是不行，因為它究竟不過簡單的方塊字，恰如日本的「假名」[43]一樣，夾上幾個，或者注在漢字的旁邊還可以，要它拜帥，能力就不夠了。寫起來會混雜，看起來要眼花。

那時的會員們稱它為「注音字母」，是深知道它的能力範圍的。再看日本，他們有主張減少漢字的，有主張拉丁拼音的，但主張只用「假名」的卻沒有。

再好一點的是用羅馬字拼法，研究得最精的是趙元任先生罷，我不大明白。用世界通用的羅馬字拼起來——現在是連土耳其也採用了——一詞一串，非常清晰，是好的。但教我似的門外漢來說，好像那拼法還太繁。要精密，當然不得不繁，但繁得很，就又變了「難」，有些妨礙普及了。最好是另有一種簡而不陋的東西。

這裡我們可以研究一下新的「拉丁化」法，《每日國際文選》裡有一小本《中國語書法之拉丁化》[44]，《世界》第二年第六七號合刊附錄的一份《言語科學》[45]，就都是紹介這東西的。價錢便宜，有心的人可以買來看。它只有二千八個字母，拼法也容易學。「人」就是 Rhen，「房子」就是 Fangz，「我吃果子」是 Wochgoz，「他是工人」是 Tashgungrhen。

現在在華僑裡實驗，見了成績的，還只是北方話。但我想，中國究竟還是講北方話——不是北京話——的人們多，將來如果真有一種到處通行的大眾語，那主力也恐怕還是北方話罷。為今之計，只要酌量增減一點，使它合於各該地方所特有的音，也就可以用到無論什麼窮鄉僻壤去了。

那麼，只要認識二十八個字母，學一點拼法和寫法，除懶蟲和低能外，就誰都能夠寫得出，看得懂了。況且它還有一個好處，是寫得快。美國人說，時間就是金錢；但我想：時間就是性命。無端的空耗別人的時間，其實是無異於謀財害命的。不過像我們這樣坐著乘風涼，談閒天的人們，可又是例外。

九、專化呢，普遍化呢？

到了這裡，就又碰著了一個大問題：中國的言語，各處很不同，單給一個粗枝大葉的區別，就有北方話，江浙話，兩湖川貴話，福建話，廣東話這五種，而這五種中，還有小區別。現在用拉丁字來寫，寫普通話，還是寫土話呢？要寫普通話，人們不會；倘寫土話，別處的人們就看不懂，反而隔閡起來，不及全國通行的漢字了。這是一個大弊病！

我的意思是：在開首的啟蒙時期，各地方各寫它的土話，用不著顧到和別地方意思不相通。當未用拉丁寫法之前，我們的不識字的人們，原沒有用漢字互通著聲氣，所以新添的壞處是一點也沒有的，倒有新的益處，至少是在同一語言的區域裡，可以彼此交換意見，吸收智識了——那當然，一面也得有人寫些有益的書。問題倒在這各處的大眾語文，將來究竟要它專化呢，還是普通化？

方言土語裡，很有些意味深長的話，我們那裡叫「煉話」，用起來是很有意思的，恰如文言的用古典，聽者也覺得趣味津津。各就各處的方言，將語法和詞彙，更加提煉，使他發達上去的，就是專化。這於文學是很有益處的，它可以做得比僅用泛泛的話頭的文章更加有意思。

但專化又有專化的危險。言語學我不知道，看生物，是一到專化，往往要滅亡的。未有人類以前的許多動植物，就因為太專化了，失其可變性，環境一改，無法應付，只好滅亡。——幸而我們人類還不算專化的動物，請你們不要愁。

大眾，是有文學，要文學的，但決不該為文學做犧牲，要不然，他的荒謬和為了保存漢字，要十分之八的中國人做文盲來殉難的活聖賢就並不兩樣。所以，我想，啟蒙時候用方言，但一面又要漸漸的加入普通的語法和詞彙去。先用固有的，是一地方的語文的大眾化，加入新的去，是全國的語文的大眾化。

幾個讀書人在書房裡商量出來的方案，固然大抵行不通，但一切都聽其自然，卻也不是好辦法。現在在碼頭上，公共機關中，大學校裡，確已有著一種好像普通話模樣的東西，大家說話，既非「國語」，又不是京話，各各帶著鄉音，鄉調，卻又不是方言，即使說的吃力，聽的也吃力，然而總歸說得出，聽得懂。如果加以整理，幫它發達，也是大眾語中的一支，說不定將來還簡直是主力。

我說要在方言裡「加入新的去」，那「新的」的來源就在這地方。待到這一種出於自然，又加人工的話一普遍，我們的大眾語文就算大致統一了。此後當然還要做。年深月久之後，語文更加一致，和「煉話」一樣好，比「古典」還要活的東西，也漸漸的形成，文學就更加精彩了。馬上是辦不到的。你們想，國粹家當作寶貝的漢字，不是花了三四千年工夫，這才有這麼一堆古怪成績麼？

至於開手要誰來做的問題，那不消說：是覺悟的讀書人。有人說：「大眾的事情，要大眾自己來做！」[46]那當然不錯的，不過得看看說的是什麼腳色。如果說的是大眾，那有一點是對的，對的是要自己來，錯的是推開了幫手。倘使說的是讀書人呢，那可全不同了：他在用漂亮話把持文字，保護自己的尊榮。

十、不必恐慌

但是，這還不必實做，只要一說，就又使另一些人發生恐慌了。

首先是說提倡大眾語文的，乃是「文藝的政治宣傳員如宋陽之流」[47]，本意在於造反。給帶上一頂有色帽，是極簡單的反對法。不過一面也就是說，為了自己的太平，寧可中國有百分之八十的文盲。那麼，倘使口頭宣傳呢，就應該使中國有百分之八十的聾子了。但這不屬於「談文」的範圍，這裡也無須多說。

專為著文學發愁的，我現在看見有兩種。一種是怕大眾如果都會讀，寫，就大家都變成文學家了[48]。這真是怕天掉下來的好人。

上次說過，在不識字的大眾裡，是一向就有作家的。我久不到鄉下去了，先前是，農民們還有一點餘閒，譬如乘涼，就有人講故事。不過這講手，大抵是特定的人，他比較的見識多，說話巧，能夠使人聽下去，懂明白，並且覺得有趣。這就是作家，抄出他的話來，也就是作品。倘有語言無味，偏愛多嘴的人，大家是不要聽的，還要送給他許多冷話——譏刺。

我們弄了幾千年文言，十來年白話，凡是能寫的人，何嘗個個是文學家呢？即使都變成文學家，又不是軍閥或土匪，於大眾也並無害處的，不過彼此互看作品而已。還有一種是怕文學的低落。大眾並無舊文學的修養，比起士大夫文學的細致來，或者會顯得所謂「低落」的，但也未染舊文學的痼疾，所以它又剛健，清新。無名氏文學如《子夜歌》之流，會給舊文學一種新力量，我先前已經說過了；現在也有人紹介了許多民歌和故事。還有戲劇，例如《朝花夕拾》所引《目連救母》裡的無常鬼[49]的自傳，說是因為同情一個鬼魂，暫放還陽半日，不料被閻羅責罰，從此不再寬縱了——

「那怕你銅牆鐵壁！

那怕你皇親國戚！……」

何等有人情，又何等知過，何等守法，又何等果決，我們的文學家做得出來麼？

這是真的農民和手業工人的作品，由他們閒中扮演。借目連的巡行來貫串許多故事，除《小尼姑下山》外，和刻本的《目連救母記》[50]是完全不同的。其中有一段《武松打虎》，是甲乙兩人，一強一弱，扮著戲玩。先是甲扮武松，乙扮老虎，被甲打得要命，乙埋怨他了，甲道：「你是老虎，不打，不是給你咬死了？」乙只得要求互換，卻又被甲咬得要命，一說怨話，甲便道：「你是武松，不咬，不是給你打死了？」我想：比起希臘的伊索[51]，俄國的梭羅古勃[52]的寓言來，這是毫無遜色的。

如果到全國的各處去收集，這一類的作品恐怕還很多。但自然，缺點是有的。是一向受著難文字，難文章的封鎖，和現代思潮隔絕。所以，倘要中國的文化一同向上，就必須提倡大眾語，大眾文，而且書法更必須拉丁化。

十一、大衆並不如讀書人所想像的愚蠢

但是，這一回，大眾語文剛一提出，就有些猛將趁勢出現了，來路是並不一樣的，可是都向白話，翻譯，歐化語法，新字眼進攻。他們都打著「大眾」的旗，說這些東西，都為大眾所不懂，所以要不得。其中有的是原是文言餘孽，借此先來打擊當面的白話和翻譯的，就是祖傳的「遠交近攻」的老法術；有的是本是懶惰分子，未嘗用功，要大眾語未成，白話先倒，讓他在這空場上誇海口的，其實也還是文言文的好朋友，我都不想在這裡多談。現在要說的只是那些好意的，然而錯誤的人，因為他們不是看輕了大眾，就是看輕了自己，仍舊犯著古之讀書人的老毛病。

讀書人常常看輕別人，以為較新，較難的字句，自己能懂，大眾卻不能懂，所以為大眾計，是必須徹底掃蕩的；說話作文，越俗，就越好。這意見發展開來，他就要不自覺的成為新國粹派。或則希圖大眾語文在大眾中推行得快，主張什麼都要配大眾的胃口，甚至於說要「迎合大眾」，故意多罵幾句，以博大眾的歡心。這當然自有他的苦心孤詣，但這樣下去，可要成為大眾的新幫閒的。

說起大眾來，界限寬泛得很，其中包括著各式各樣的人，但即使「目不識丁」的文盲，由我看來，其實也並不如讀書人所推想的那麼愚蠢。他們是要智識，要新的智識，要學習，能攝取的。當然，如果滿口新語法，新名詞，他們是什麼也不懂；但逐漸的檢必要的灌輸進去，他們卻會接受；那消化的力量，也許還賽過成見更多的讀書人。

初生的孩子，都是文盲，但到兩歲，就懂許多話，能說許多話了，這在他，全部是新名詞，新語法。他那裡是從《馬氏文通》或《辭源》[53]裡查來的呢，也沒有教師給他解釋，他是聽過幾回之後，從比較而明白了意義的。大眾的會攝取新詞彙和語法，也就是這樣子，他們會這樣的前進。所以，新國粹派的主張，雖然好像為大眾設想，實際上倒盡了拖住的任務。不過也不能聽大眾的自然，因為有些見識，他們究竟還在覺悟的讀書人之下，如果不給他們隨時揀選，也許會誤拿了無益的，甚而至於有害的東西。所以，「迎合大眾」的新幫閒，是絕對的要不得的。

由歷史所指示，凡有改革，最初，總是覺悟的智識者的任務。但這些智識者，卻必須有研究，能思索，有決斷，而且有毅力。他也用權，卻不是騙人，他利導，卻並非迎合。他不看輕自己，以為是大家的戲子，也不看輕別人，當作自己的嘍囉。他只是大眾中的一個人，我想，這才可以做大眾的事業。

十二、煞尾

話已經說得不少了。總之，單是話不行，要緊的是做。要許多人做：大眾和先驅；要各式的人做：教育家，文學家，言語學家……。這已經迫於必要了，即使目下還有點逆水行舟，也只好拉縴；順水固然好得很，然而還是少不得把舵的。

這拉縴或把舵的好方法，雖然也可以口談，但大抵得益於實驗，無論怎麼看風看水，目的只是一個：向前。

各人大概都有些自己的意見，現在還是給我聽聽你們諸位的高論罷。

【注釋】

1 本篇最初發表於一九三四年八月二十四日至九月十日的《申報·自由談》，署名華圉。後來作者將本文與其他有關於語文改革的文章四篇輯為《門外文談》一書，一九三五年九月由上海天馬書店出版。

2 這些是常見於當時上海報刊的新聞。一九三四年夏，我國南方大旱，國民黨政府於七月間邀請第九世班禪喇嘛和安欽活佛在南京、湯山等地「作法求雨」。八月初，國民黨政府行政院秘書長褚民誼為女游泳選手楊秀瓊打扇、駕車，被稱為「吊膀子秘書長」。上海「大世界」遊藝場利用旱災展出一個所謂「旱魃」的矮人，稱「三寸怪人乾」，招攬遊客。五月，美國政府頒布《白銀法案》後，國際銀價上升，官僚資本集團趁國內糧價飛漲，大量輸出白銀，從國外購進大米，牟取暴利。六月，國民黨江西省政府根據蔣介石「手令」，頒布《取締婦女奇裝異服辦法》，規定「褲長最短須過膝四寸，不得露腿赤足」，當時重慶、北平等地也禁止「女子裸膝露肘」。

3 明代茅坤曾選輯唐代的韓愈、柳宗元和宋代的歐陽修、蘇洵、蘇軾、蘇轍、王安石、曾鞏八個古文家的文章編為《唐宋八大家文抄》，因有「唐宋八大家」的說法。

4 相傳為黃帝的史官，漢字的創造者，東漢許慎《說文解字·敘》：「黃帝之史倉頡……初造書契」。《荀子·解蔽》中則說：「好書者眾矣，而倉頡獨傳者壹也」，認為倉頡是文字的搜集和整理者之一。又《太平御覽》卷三六六引《春秋孔演圖》：「蒼頡四目，是謂並明。」

5 即《周易》，是我國古代記載占卜的書。可能萌芽於殷周之際，並非出自一人之手。這裡引的兩句，見該書《繫辭》篇。

6 語見《禮記·禮器》：「升中於天，因吉土，以饗帝於郊。」據漢代鄭玄注：「升，上也；中，猶成也；燔柴祭天，告以諸侯之成功也。」

7 語見《漢書·古今人表》。史，即史官。

8 我國傳說中的上古帝王，相傳他教民結網，從事漁獵畜牧。「八卦」，相傳為他所作。《易經·繫辭》說：「古者包犧氏（按即伏羲）之王天下也……近取諸身，遠取諸物，於是始作八卦，以通神明之德，以類萬物之情。」

卦，即掛，懸掛物象以示人吉凶，有乾（☰）、坤（☷）、震（☳）、民（☶）、離（☲）、坎（☵）、兌（☱）、巽（☴）八種式樣。《易傳》認為八卦主要象徵天、地、水、火、雷、風、山、澤八種自然現象。

9 古代秘魯印第安人用以幫助記憶的一種線結，以結繩的方式記錄天氣、日期、數目等等的變化。線的顏色，線結的大小和多少，都表示著不同的意義。

10 又稱禹碑，在湖南衡山岣嶁峰，相傳為夏禹治水時所刻；碑文共七十七字，難於辨識。清末葉昌熾《語石》卷二載：「（韓愈詩）『岣嶁山尖神禹碑，字青石赤形模奇。』郎瑛、楊用修諸家各有釋文，靈怪杳冥，難可憑信。不知韓詩又云：『千搜萬索何處有，森森綠樹猿猱悲。』是但憑道士所言，未嘗目睹。」此碑在明朝以前，不見於記載，故多疑為偽造。

11 在西班牙北部散坦特爾省境，發現於一八七九年。洞窟中有舊石器時代用三種顏色畫成的壁畫，畫的都是野牛、野鹿、野豬和長毛巨象等動物。

12 關於朱育、武則天造字，據《三國志．吳書．虞翻傳》注引《會稽典錄》：「孫亮時，有山陰朱育，少好奇字，凡所特達，依體象類，造作異字千名以上。」《新唐書．后妃列傳》：武則天於「載初中，……作白、一四、地、……十有二文。太后自名白。」但《資治通鑑．唐紀二十》載：天授元年，「鳳閣侍郎河東宗秦客，改造『天』、『地』等十二字以獻，丁亥，行之。太后自名『白』」。

13 儒家經典之一，記述周王朝官制和戰國時代各國制度的資料匯編，大約成書於戰國時期。《說文解字》，東漢許慎撰，我國第一部系統介紹漢字形、音、義的著作。這裡講的漢字六種構成法，即《周禮》和《說文解字》中所記載的「六書」。《周禮》中所說的有：象形、會意、轉注、處事、假借、諧聲。《說文解字》中所說的稍有不同，是：指事、象形、形聲、會意、轉注、假借。

14 語見《易經．繫辭》。

15 《漢書．藝文志》：「六書，謂象形、象事、象意、象聲、轉注、假借，造字之本也。」據唐代顏師古注：「象意即會意也。」

16 是漢字演進過程中先後出現的幾種字體的名稱。篆書分大篆小篆，大篆是從西周到戰國通行的字體，但各國有異。秦始皇時統一字體，稱為小篆。隸書開始於秦代，把小篆勻圓的筆畫稍改平直，到漢代才出現平直扁正的正式的隸書。楷書始於漢末，以後取代隸書，通行至今。

17 這裡指胡適。胡適著的《國語文學史》於一九二七年出版時，黎錦熙在該書的《代序》中說，這部文學史所以始於戰國秦漢而不包括《詩經》，是因為胡適要從他認為語言文字開始分歧的時代寫起。《代序》不同意戰國前語文合一的看法。一九二八年胡適將此書修訂，抽去《代序》，改名《白話文學史》出版，在第一章說：「我們研究古代文字，可以推知當戰國的時候中國的文體已經不能與語體一致了。」仍堅持他的戰國前言文一致的看法。

18 即《尚書》，儒家經典之一。我國上古歷史檔和部分追述古代事跡的著作的匯編。

19 司馬遷（約前一四五－約前八十六）字子長，夏陽（今陝西韓城）人，西漢史學家、文學家。曾任太史令。他所撰的《史記》，是我國第一部紀傳體通史（從上古起到漢武帝止）。

20 語見《史記．陳涉世家》。據唐代司馬貞《索隱》：「服虔云：楚人謂多為夥。按又言『頤』者，助聲之辭也。」又據南朝宋裴駰《集解》：「應劭曰：『沈沈，宮室深邃之貌也。』」

21 淮南王指漢文帝之弟劉長，他因謀反為文帝所廢，流放蜀郡，中途絕食而死。後來民間就流傳出這首歌謠。

22 東漢班固編撰的西漢史，是我國第一部紀傳體斷代史。《前漢紀》，即《漢紀》，東漢荀悅撰，編年體西漢史，內容多取材《漢書》，有所增補。這裡所引的前一首見《漢書．淮南王傳》，末句無「能」字，《史記．淮南衡山列傳》所載與引文同；後一首未見於《前漢紀》，漢代高誘的《淮南鴻烈解敍》載有此歌，首句作「一尺繒，好童童」，末句作「兄弟二人，不能相容」。

23 秘閣、三館都是藏書的地方。《宋史．職官志》載：「國初以史館、昭文館、集賢院為三館，皆寓崇文院。太宗端拱元年（九八八）詔就崇文院中堂建秘閣，擇三館真本書籍萬餘卷，及內出古畫墨跡，藏其中。」

24 通譯克羅地亞，現在是南斯拉夫聯邦人民共和國的成員國之一。

25 楊雄（前五三—十八）一作揚雄，字子雲，蜀郡成都（今屬四川）人。西漢文學家、語言文字學家。著有《法言》、《太玄經》及其他文賦。《漢書·揚雄傳》載，「劉棻嘗從雄學作奇字」，據唐代顏師古注，奇字即「古文之異者」。《方言》，全名《輶軒使者絕代語釋別國方言》，相傳為揚雄所作，共十三卷，內容雜錄中國各地同義異字之字一萬一千餘。劉歆（約前五三—廿三），字子駿，沛（今江蘇沛縣）人，西漢學者。他在《與揚雄從取方言書》中說：「屬聞子雲獨採集先代絕言，異國殊語，以為十五卷，其所解略多矣，而不知其目……今謹使密人奉手書，願頗與其最目，得使入篆，令聖朝留明明之典。」揚雄在《答劉歆書》中卻說：「敕以殊言十五卷，君何由知之？……天下上計孝廉及內郡衛卒會者，雄常把三寸弱翰，繼油素四尺，以問其異語，歸即以鉛摘次之於槧，二十七歲於今矣；而語言或交錯相反，方復論思詳悉集之……誠欲崇而就之，不可以遺，不可以怠。即君必欲脅之以威，陵之以武，欲令入之於此；此又未定，未可以見，今君又終之，則縊死以從命也。而可，且寬假延期，必不敢有愛。」「跳黃浦」是通行於上海的話，意即自殺。

26 樊宗師（七六六—八二四）字紹述，河中（今山西永濟）人，唐代散文家。曾任綿州、絳州刺史。他的文章艱澀，難以斷句，如《絳守居園池記》的第一句「絳即東雍為守理所」，有人斷為「絳即東雍，為守理所」，也有人斷為「絳，即東雍為守理所」。

27 李賀（七九〇—八一六）字長吉，昌谷（今河南宜陽）人，唐代詩人。他的詩立意新巧，用語奇特，不易理解。《新唐書·李賀傳》說他「辭尚奇詭，所得皆驚邁絕去翰墨畦徑，當時無能效者。」

28 《康熙字典》清代康熙年間張玉書、陳廷敬等奉旨編纂的大型字典，四十二卷，收四萬十千餘字，康熙五十五年（一七一六）刊行。

29 錢坫（一七四四－一八〇六）字獻之，江蘇嘉定（今屬上海市）人，清代漢學家。善寫小篆。劉熙，字成國，漢代北海（今山東濰坊）人，訓詁學家。所著《釋名》，八卷，共二十七篇，是一部解釋字義的書。

30 錢玄同（一八八七－一九三九）名夏，字德潛，浙江吳興人，文字音韻學家。他曾用《說文解字》中的篆體字樣抄寫章太炎的《小學答問》，由浙江官書局刊刻行世。太炎，即章炳麟（一八六九－一九三六），浙江餘杭人，清末革命家、學者。他所作的《小學答問》是據《說文解字》解釋本字和借字的流變的書。

31 一九二二年陶行知等人創辦的中華平民教育促進會編纂《平民千字課本》，作為成年人補習常用漢字的讀本。後來一些書店也仿照編印了類似讀本。一九三四年八月十五日《社會月報》第一卷第三期發表彭子蘊的《大眾語與大眾文化的水準問題》一文，其中說：「現在市場上有一種叫做《平民千字課》的書，是真用來教有所謂大眾的」。

32 語見《論語．先進》，據宋代邢昺疏：「若『文章博學』，則有子游、子夏二人也。」子游、子夏，即孔丘的弟子言偃、卜商。

33 意指大眾文學。這裡是針對林語堂而發的。林語堂在一九三四年四月二十八、三十日及五月三日《申報．自由談》所載《方巾氣研究》一文中說：「在批評方面，近來新舊衛道派頗一致，方巾氣越來越重。凡非哼哼唧唧文學，或杭育杭育文學，皆在鄙視之列。」又說：「《人間世》出版，動起杭育杭育派的方巾氣，七手八腳，亂吹亂擂，卻絲毫沒有打動了《人間世》。」

34 我國最早的詩歌總集，編成於春秋時代，共三〇五篇，大抵是周初到春秋中期的作品，相傳曾經孔丘刪定。

35 王朝的職官，這裡指「采詩之官」。《漢書．藝文志》說：「古有采詩之官，王者所以觀風俗、知得失，自考正也。」

36 指《伊利亞特》和《奧德賽》，約產生於西元前九世紀。荷馬的生平以至是否確有其人，歐洲的文學史家頗多爭論，所以這裡說「姑且當作有這樣一個人」。

37 據《晉書·樂志》：「《子夜歌》者，女子名子夜造此聲。」《樂府詩集》列為「吳聲歌曲」，收「晉、宋、齊辭」的《子夜歌》四十二首和《子夜四時歌》七十五首。

《讀曲歌》，據《宋書·樂志》：「《讀曲哥（歌）》者，民間為彭城王義康所作也。」又《樂府詩集》引《古今樂錄》：「讀曲歌者，元嘉十七年（四四〇）袁后崩，百官不敢作聲歌；或因酒宴，止竊聲讀曲細吟而已，以此為名。」《樂府詩集》收《讀曲歌》八十九首，也列為「吳聲歌曲」。

38 據《樂府詩集》：「《竹枝》，本出於巴渝。唐貞元中，劉禹錫在沅湘，以俚歌鄙陋，乃依騷人《九歌》作《竹枝》新辭九章，教里中兒歌之，由是盛於貞元、元和之間（七八五—八二〇。」《柳枝詞》，即《楊柳枝》，唐代教坊曲名。白居易有《楊柳枝詞》八首，其中有「古歌舊曲君休聽，聽取新翻《楊柳枝》」的句子。他又在《楊柳枝二十韻》題下自注：「《楊柳枝》，洛下新聲也。」

39 光緒三十二年（一九〇六）起，清政府為了推行所謂「通俗教育」，將一些官方發布的政治時事材料，用白話編成通俗的故事和歌謠進行宣講。「太平歌」以「蓮花落」形式編寫，一般都用文中所引的三句開頭，是當時欽頒的通俗歌謠之一。

40 白話報戊戌變法後，各地報刊風起雲湧，其中以白話寫作的也不少，如杭州的《白話報》（一九〇三）、上海的《中國白話報》（一九〇三）和《揚子江白話報》（一九〇四）等。

41 勞乃宣（一八四三—一九二一）字季瑄，浙江桐鄉人。清末任京師大學堂總監督兼署學部副大臣，民國初年主張復辟，後來避居青島。他的《簡字全譜》係以王照的《官話字母》為依據，成於一九〇七年。其他著作有《等韻一得》、《古籌算考釋》等。

王照（一八五九—一九三三），字小航，河北寧河人。清末維新運動者，戊戌政變時逃往日本，後又自行投案下獄，不久被釋。他的《官話合聲字母》於一九〇〇年刊行。其他著作有《水東集上下編》八種。

42 吳稚暉（一八六五—一九五三）名敬恒，江蘇武進人，一九一三年二月，北洋政府教育部召集的讀音統一會正式開會，由他和王照分任正副議長。因為濁音字母和入聲存廢問題，南北兩方會員爭論了一個多月。後來該會除審定六千五百餘字的讀音以外，並正式通過審定字音時所用的「記音字母」，定名為「注音字母」。到一九三〇年，「注音字母」又改稱「注音符號」。

43 日文的字母，因為是從「真名」（即漢字）假借而來的，所以稱為「假名」。分片假名（楷體）和平假名（草體）二種。

44 一種「每日提供世界新聞雜誌間各種論文之漢譯」的刊物，一九三三年八月一日創刊，孫師毅、明耀五、包可華編選，上海中外出版公司印行。《中國語書法之拉丁化》由焦風（方善境）譯自蘇聯的世界語刊物《新階段》，是《每日國際文選》的第十二號，一九三三年八月十二日出版。

45 上海世界語者協會編印的世界語月刊，創刊於一九三二年十二月。《言語科學》是《世界》的每月增刊，創刊於一九三三年十月；它的第九、十號合刊（即《世界》一九三四年六、七月號合刊的增刊）上載有應人（霍應人）作的《中國語書法拉丁化方案之介紹》一文。

46 在當時大眾語文學的論爭中，報刊上曾有過不少這類議論，如吳稚暉在一九三四年八月一日《申報·自由談》發表的《大眾語萬歲》一文中說：「讓大眾自己來創造，不要代辦。」章克標在《人言》第二十一期（一九三四年七月七日）中說：「大眾語文學是要由大眾自己創造出來的，才算是真正的大眾語文學。」

47 這是當時刊物《新壘》主編李焰生在《社會月報》第一卷第三期（一九三四年八月十五日）發表的《由大眾語文文學到國民語文文學》一文中的話：「所謂大眾語文，意義是模糊的，提倡不是始自現在，那些文藝的政治宣傳員如宋陽之流，數年前已經很熱鬧的討論過。」宋陽，即瞿秋白。他曾在《文學月報》第一卷第一號、第三號（一九三二年六月、十月）先後發表《大眾文藝的問題》和《再論大眾文藝答止敬》兩文。

48 這是一九三四年八月一日、二日《申報·電影專刊》署名米同的《「大眾語」根本上的錯誤》一文中的話：「要是照他們所說，用『大眾語』來寫作一切文藝作品的話，到了那個時限，一切的人都可以說出就是文章，記下來就是作品，那時不是文學毀滅的時候，就是大家都成了文學家了。」

49 《盂蘭盆經》中的佛教故事，說佛的大弟子目連有大神通，嘗入地獄救母。唐代已有《大目乾連冥間救母變文》，以後曾被編成多種戲曲，這裡是指紹興戲。無常鬼，即迷信傳說中的「勾魂使者」，參看《朝花夕拾·無常》。

50 明代新安鄭之珍作。刻本卷首有「主江南試者馮」寫於清光緒二十年（一八九四）的序言，其中說：「此書出自安徽，或云係瞽者所作，余亦未敢必也。」序言中也說到「小尼姑下山」：「惟《下山》一折，較為憾事；不知清磬場中，雜此妙舞，更覺可觀，大有畫家絢染之法焉，余不為之咎。」

51 伊索（Aesop，約前六世紀）相傳是古希臘寓言作家，現在流傳的《伊索寓言》，共有三百餘篇，係後人編集。

52 梭羅古勃（Тетерников，一八六三—一九二七），俄國詩人和小說家，著有長篇小說《老屋》、《小鬼》等。《域外小說集》（一九二一年上海群益書社版）中曾譯載他的寓言十篇。

53 清代馬建忠著，共十卷，一八九八年出版，是我國最早的一部較有系統的研究漢語語法的專著。《辭源》，陸爾奎等編輯，一九一五年上海商務印書館印行，一九三一年增出「續編」，是一部說明漢語詞義及其淵源、演變的工具書。

不知肉味和不知水味[1]

今年的尊孔，是民國以來第二次的盛典[2]，凡是可以施展出來的，幾乎全都施展出來了。上海的華界雖然接近夷（亦作彝）場[3]，也聽到了當年孔子聽得「三月不知肉味」的「韶樂」[4]。八月三十日的《申報》[5]報告我們說——

「廿七日本市各界在文廟舉行孔誕紀念會，到黨政機關，及各界代表一千餘人。有大同樂會演奏中和韶樂二章，所用樂器因欲擴大音量起見，不分古今，凡屬國樂器，一律配入，共四十種。其譜一仍舊貫，並未變動。聆其節奏，莊嚴肅穆，不同凡響，令人悠然起敬，如親三代以上之承平雅頌，亦即我國民族性酷愛和平之表示也。……」

樂器不分古今，一律配入，蓋和周朝的韶樂，該已很有不同。但為「擴大音量起見」，也只能這麼辦，而且和現在的尊孔的精神，也似乎十分合拍的。「孔子，聖之時者也」[6]，「亦即聖之摩登者也」，要三月不知魚翅燕窩味，樂器大約決非「共四十種」不可；況且那時候，中國雖然已有外患，卻還沒有夷場。

不過因此也可見時勢究竟有些不同了，縱使「擴大音量」，終於還擴不到鄉間，同日的《中華日報》上，就記著一則頗傷「承平雅頌，亦即我國民族性酷愛和平之表示」的體面的新聞，最不湊巧的是事情也出在二十七——

「（寧波通訊）餘姚入夏以來，因天時亢旱，河水乾涸，住民飲料，大半均在河畔開鑿土井，藉以汲取，故往往因爭先後，而起衝突。廿七日上午，距姚城四十里之朗霞鎮後方屋地方，居民楊厚坤與姚士蓮，又因爭井水，發生衝突，互相加毆。姚士蓮以煙筒頭猛擊楊頭部，楊當即昏倒在地。繼姚又以木棍石塊擊楊中要害，竟遭毆斃。迨鄰近聞聲施救，楊早已氣絕。而姚士蓮見已闖禍，知必不能免，即乘機逃避……」

聞韶，是一個世界，口渴，是一個世界。食肉而不知味，是一個世界，口渴而爭水，又是一個世界。自然，這中間大有君子小人之分，但「非小人無以養君子」[7]，到底還不可任憑他們互相打死，渴死的。

聽說在阿拉伯，有些地方，水已經是寶貝，為了喝水，要用血去換。「我國民族性」是「酷愛和平」的，想必不至於如此。但餘姚的實例卻未免有點怕人，所以我們除食肉者聽了而不知肉味的「韶樂」之外，還要不知水味者聽了而不想水喝的「韶樂」。

八月二十九日。[8]

【注釋】

1 本篇最初發表於一九三四年九月二十日上海《太白》半月刊第一卷第一期，署名公汗。

2 一九三四年七月國民黨政府根據蔣介石的提議，明令公布以八月二十七日孔丘生日為「國定紀念日」。當時南京、上海等地曾舉行規模盛大的「孔誕紀念會」。北洋政府時期，袁世凱曾於一九一四年二月頒布祀孔令，並於九月二十八日在北京主持盛大祭禮。

3 指上海的租界。我國古代泛稱東方各民族為夷，明清時也用以稱外國人。因清朝統治者忌諱「夷狄」字樣，所以有時「夷場」也寫作「彝場」。

4 相傳是虞舜時的樂曲。《論語·述而》有「子在齊聞韶，三月不知肉味」的記載。

5 我國歷史最久的資產階級報紙，一八七二年四月三十日（清同治十一年三月二十三日）在上海創刊，一九四九年五月二十六日上海解放時停刊。

6 語見《孟子·萬章》，是孟軻稱道孔丘的話。

7 語出《孟子·滕文公》：「無君子，莫治野人；無野人，莫養君子。」

8 本文發表時原未署寫作日期，此處所記有誤：文中所引新聞二則均見八月三十日報；又據《魯迅日記》一九三四年八月三十一日：「上午寄望道信並稿一篇」，「望道」即當時《太白》的編輯陳望道，所寄稿即本文。

中國語文的新生[1]

中國現在的所謂中國字和中國文，已經不是中國大家的東西了。

古時候，無論那一國，能用文字的原是只有少數的人的，但到現在，教育普及起來，凡是稱為文明國者，文字已為大家所公有。但我們中國，識字的卻大概只占全人口的十分之二，能作文的當然還要少。這還能說文字和我們大家有關係麼？

也許有人要說，這十分之二的特別國民，是懷抱著中國文化，代表著中國大眾的。我覺得這話並不對。這樣的少數，並不足以代表中國人。正如中國人中，有吃燕窩魚翅的人，有賣紅丸的人，有拿回扣的人，但不能因此就說一切中國人，都在吃燕窩魚翅，賣紅丸，拿回扣一樣。要不然，一個鄭孝胥[2]真可以把全副「王道」挑到滿洲去。

我們倒應該以最大多數為根據，說中國現在等於並沒有文字。

這樣的一個連文字也沒有的國度，是在一天一天的壞下去了。我想，這可以無須我舉例。

單在沒有文字這一點上，智識者是早就感到模糊的不安的。清末的辦白話報，五四時候的叫「文學革命」，就為此。但還只知道了文章難，沒有悟出中國等於並沒有文字。今年的提倡復興文言文，也為此，他明知道現在的機關槍是利器，卻因歷來偷懶，未曾振作，臨危又想僥幸，就只好夢想大刀隊成事了。

大刀隊的失敗已經顯然，只有兩年，已沒有誰來打九十九把鋼刀去送給軍隊[3]。但文言隊的顯出不中用來，是很慢，很隱的，它還有壽命。

和提倡文言文的開倒車相反，是目前的大眾語文的提倡，但也還沒有碰到根本的問題：中國等於並沒有文字。待到拉丁化的提議出現，這才抓住了解決問題的緊要關鍵。

反對，當然大大的要有的，特殊人物的成規，動他不得。格理萊[4]倡地動說，達爾文[5]說進化論，搖動了宗教，道德的基礎，被攻擊原是毫不足怪的；但哈飛[6]發現了血液在人身中環流，這和一切社會制度有什麼關係呢，卻也被攻擊了一世。然而結果怎樣？結果是：血液在人身中環流！

中國人要在這世界上生存，那些識得《十三經》的名目的學者，「燈紅」會對「酒綠」的文人，並無用處，卻全靠大家的切實的智力，是明明白白的。那麼，倘要生存，首先就必須除去阻礙傳布智力的結核：非語文和方塊字。如果不想大家來給舊文字做犧牲，就得犧牲掉舊文字。走那一面呢，這並非如冷笑家所指摘，只是拉丁化提倡者的成敗，乃是關於中國大眾的存亡的。要得實證，我看也不必等候怎麼久。

至於拉丁化的較詳的意見，我是大體和《自由談》連載的華圉作《門外文談》相近的，這裡不多說。我也同意於一切冷笑家所冷嘲的大眾語的前途的艱難；但以為即使艱難，也還要做；愈艱難，就愈要做。改革，是向來沒有一帆風順的，冷笑家的贊成，是在見了成效之後，如果不信，可看提倡白話文的當時。

九月二十四日。

【注釋】

1 本篇最初發表於一九三四年十月十三日上海《新生》週刊第一卷第三十六期，署名公汗。

2 鄭孝胥（一八六〇—一九三八）字蘇戡，福建閩侯人。清末曾任廣東按察使、布政使；辛亥革命後以「遺老」自居。一九三二年三月偽滿洲國成立後，他任國務總理兼文教部總長等偽職，鼓吹「王道政治」，充當日本帝國主義侵華的工具。

3 關於打鋼刀送給軍隊事，據一九三三年四月十二日《申報》載：「二十九軍宋哲元血戰喜峰，大刀殺敵，震驚中外，茲有王述君訂製大刀九十九柄，捐贈該軍。」參看《偽自由書・「以夷制夷」》。

4 格理萊（G.Galileo，一五六四—一六四二）通譯伽利略，義大利物理學家、天文學家。他從一六〇九年起自製望遠鏡觀察和研究天體，證實了哥白尼關於地球圍繞太陽旋轉的太陽中心説（地動説），推翻了以地球為宇宙中心的天動説，給予歐洲中世紀神權論以致命打擊，因此曾遭到羅馬教廷的迫害。

5 達爾文（Charles Robert Darwin，一八〇九—一八八二）英國生物學家，進化論的奠基者。他在一八五九年出版的《物種起源》一書中，提出以自然選擇為基礎的進化學説，摧毀了各種唯心的神造論、目的論和生物不變論，給宗教以嚴重的打擊。因此受到教權派和巴黎科學院的歧視和排斥。

6 哈飛（W.Harvey，一五七八—一六五七）通譯哈維，英國醫學家。他根據實驗研究證實了血液循環現象，為動物生理學和胚胎學的發展奠定了科學的基礎。

中國人失掉自信力了嗎[1]

從公開的文字上看起來：兩年以前，我們總自誇著「地大物博」，是事實；不久就不再自誇了，只希望著國聯[2]，也是事實；現在是既不誇自己，也不信國聯，改為一味求神拜佛[3]，懷古傷今了——卻也是事實。於是有人慨嘆曰：中國人失掉自信力了。[4]

如果單據這一點現象而論，自信其實是早就失掉了的。先前信「地」，信「物」，後來信「國聯」，都沒有相信過「自己」。假使這也算一種「信」，那也只能說中國人曾經有過「他信力」，自從對國聯失望之後，便把這他信力都失掉了。

失掉了他信力，就會疑，一個轉身，也許能夠只相信了自己，倒是一條新生路，但不幸的是逐漸玄虛起來了。信「地」和「物」，還是切實的東西，國聯就渺茫，不過這還可以令人不久就省悟到依賴它的不可靠。一到求神拜佛，可就玄虛之至了，有益或是有害，一時就找不出分明的結果來，它可以令人更長久的麻醉著自己。

中國人現在是在發展著「自欺力」。

「自欺」也並非現在的新東西，現在只不過日見其明顯，籠罩了一切罷了。然而，在這籠罩之下，我們有並不失掉自信力的中國人在。

我們從古以來，就有埋頭苦幹的人，有拚命硬幹的人，有為民請命的人，有捨身求法的人，……雖是等於為帝王將相作家譜的所謂「正史」[5]，也往往掩不住他們的光耀，這就是中國的脊梁。

這一類的人們，就是現在也何嘗少呢？他們有確信，不自欺；他們在前仆後繼的戰鬥，不過一面總在被摧殘，被抹殺，消滅於黑暗中，不能為大家所知道罷了。說中國人失掉了自信力，用以指一部分人則可，倘若加於全體，那簡直是誣蔑。

要論中國人，必須不被搽在表面的自欺欺人的脂粉所誆騙，卻看看他的筋骨和脊梁。自信力的有無，狀元宰相的文章是不足為據的，要自己去看地底下。

九月二十五日。

【注釋】

1 本篇最初發表於一九三四年十月二十日《太白》半月刊第一卷第三期，署名公汗。

2 「國際聯盟」的簡稱，第一次世界大戰後於一九二〇年成立的國際政府間組織。它標榜以「促進國際合作，維持國際和平與安全」為宗旨，實際上是英法等帝國主義國家控制並為其侵略政策服務的工具。一九四六年四月正式宣告解散。九一八事變後，蔣介石即在南京發表講話，聲稱「暫取逆來順受態度，以待國聯公理之判決」。國民黨政府也多次向國聯申訴，要求制止日本帝國主義的侵略，但國聯採取了袒護日本的立場。它派出的調查團到我國東北調查後，在發表的《國聯調查團報告書》中，竟認為日本在中國的東北有特殊地位，說它對中國的侵略是「正當而合法」的。

3 當時一些國民黨官僚和「社會名流」，以祈禱「解救國難」為名，多次在一些大城市舉辦「時輪金剛法會」「仁王護國法會」。

4 當時輿論界曾有過這類論調，如一九三四年八月二十七日《大公報》社評《孔子誕辰紀念》中說：「民族的自尊心與自信力既已蕩焉無存，不待外侮之來，國家固早已瀕於精神幻滅之域。」

5 清高宗（乾隆）詔定從《史記》到《明史》共二十四部紀傳體史書為正史，即二十四史。梁啟超在《中國史界革命案》中說：「二十四史非史也，二十四姓之家譜而已。」

「以眼還眼」[1]

杜衡先生在「最近，出於『與其看一部新的書，還不如看一部舊的書』的心情」，重讀了莎士比亞的《凱撒傳》[2]。這一讀是頗有關係的，結果使我們能夠拜讀他從讀舊書而來的新文章：《莎劇凱撒傳裡所表現的群眾》（見《文藝風景》[3]創刊號）。

這個劇本，杜衡先生是「曾經用兩個月的時間把它翻譯出來過」的，就可見讀得非常仔細。他告訴我們：「在這個劇裡，莎氏描寫了兩個英雄——凱撒，和……勃魯都斯。……還進一步創造了兩位政治家（煽動家）——陰險而卑鄙的凱西烏斯，和表面上顯得那麼麻木而糊塗的安東尼。」

但最後的勝利卻屬於安東尼，而「很明顯地，安東尼底勝利是憑借了群眾底力量」，於是更明顯地，即使「甚至說，群眾是這個劇底無形的主腦，也不嫌太過」了。

然而這「無形的主腦」是怎樣的東西呢？杜衡先生在敘事和引文之後，加以結束——決不是結論，這是作者所不願意說的——道——

「在這許多地方，莎氏是永不忘記把群眾表現為一個力量的；不過，這力量只是一種盲目的暴力。他們沒有理性，他們沒有明確的利害觀念；他們底感情是完全被幾個煽動家所控制著，所操縱著。……自然，我們不能貿然地肯定這是群眾底本質，但是我們倘若說，這位偉大的劇作者是把群眾這樣看法的，大概不會有什麼錯誤吧。這看法，我知道將使作者大大地開罪於許多把群眾底理性和感情用另一種方式來估計的朋友們。至於我，說實話，我以為對這些問題的判斷，是至今還超乎我底能力之上，我不敢妄置一詞。……」

杜衡先生是文學家，所以這文章做得極好，很謙虛。假如說，「媽的群眾是瞎了眼睛的！」即使根據的是「理性」，也容易因了表現的粗暴而招致反感；現在是

「這位偉大的劇作者」莎士比亞老前輩「把群眾這樣看法的」，您以為怎麼樣呢？「巽語之言，能無說乎」[4]，至少也得客客氣氣的搔一搔頭皮，如果你沒有翻譯或細讀過莎劇《凱撒傳》的話——只得說，這判斷，更是「超乎我底能力之上」了。

於是我們都不負責任，單是講莎劇。莎劇的確是偉大的，僅就杜衡先生所紹介的幾點來看，它實在已經打破了文藝和政治無關的高論了。群眾是一個力量，但「這力量只是一種盲目的暴力。他們沒有理性，他們沒有明確的利害觀念」，據莎氏的表現，至少，他們就將「民治」的金字招牌踏得粉碎，何況其他？即在目前，也使杜衡先生對於這些問題不能判斷了。一本《凱撒傳》，就是作政論看，也是極有力量的。

然而杜衡先生卻又因此替作者捏了一把汗，怕「將使作者大大地開罪於許多把群眾底理性和感情用另一種方式來估計的朋友們」。自然，在杜衡先生，這是一定要想到的，他應該愛惜這一位以《凱撒傳》給他智慧的作者。然而肯定的判斷了那一種「朋友們」，卻未免太不顧事實了。現在不但施蟄存先生已經看見了蘇聯將要排演莎劇的「醜態」（見《現代》九月號）[5]，便是《資本論》裡，不也常常引用莎氏的名言，未嘗說他有罪麼？將來呢，恐怕也如未必有人引《哈孟雷特》[6]

來證明有鬼，更未必有人因《哈孟雷特》而責莎士比亞的迷信一樣，會特地「弔民伐罪」[7]，和杜衡先生一般見識的。

況且杜衡先生的文章，是寫給心情和他兩樣的人們來讀的，因為會看見《文藝風景》這一本新書的，當然決不是懷著「與其看一部新的書，還不如看一部舊的書」的心情的朋友。但是，一看新書，可也就不至於只看一本《文藝風景》了，講莎劇的書又很多，涉獵一點，心情就不會這麼抖抖索索，怕被「政治家」（煽動家）所煽動。那些「朋友們」除注意作者的時代和環境而外，還會知道《凱撒傳》的材料是從布魯特奇的《英雄傳》[8]裡取來的，而且是莎士比亞從作喜劇轉入悲劇的第一部；作者這時是失意了。為什麼事呢，還不大明白。但總之，當判斷的時候，是都要想到的，又未必有杜衡先生所豫言的痛快，簡單。

單是對於「莎劇凱撒傳裡所表現的群眾」的看法，和杜衡先生的眼睛兩樣的就有的是。現在只抄一位痛恨十月革命，逃入法國的顯斯妥夫（Lev Shestov）[9]先生的見解，而且是結論在這裡罷——

「在《攸里烏斯．凱撒》中活動的人，以上之外，還有一個。那是複合底人物。那便是人民，或說『群眾』。莎士比亞之被稱為寫實家，並不是無意義的。無論在那一點，他決不阿諛群眾，做出凡俗的性格來。他們輕薄，胡亂，殘酷。今天跟在彭貝[10]的戰車之後，明天喊著凱撒之名，但過了幾天，卻被他的叛徒勃魯都斯的辯才所惑，其次又贊成安東尼的攻擊，要求著剛才的紅人勃魯都斯的頭了。

「人往往憤慨著群眾之不可靠。但其實，豈不是正有適用著『以眼還眼，以牙還牙』的古來的正義的法則的事在這裡嗎？劈開底來看，群眾原是輕蔑著彭貝，凱撒，安東尼，辛那[11]之輩的，他們那一面，也輕蔑著群眾。今天凱撒握著權力，凱撒萬歲。明天輪到安東尼了，那就跟在他後面罷。只要他們給飯吃，給戲看，就好。

「他們的功績之類，是用不著想到的。他們那一面也很明白，施與些像個王者的寬容，借此給自已收得報答。在擁擠著這些滿是虛榮心的人們的連串裡，間或夾雜著勃魯都斯那樣的廉直之士，是事實。然而誰有從山積的沙中，找出一粒珠子來的閒工夫呢？群眾，是英雄的大炮的食料，而英雄，從群眾看來，不過是餘興。在其間，正義就占了勝利；而幕也垂下來了。」

（《莎士比亞〔劇〕中的倫理的問題》）

這當然也未必是正確的見解，顯斯妥夫就不很有人說他是哲學家或文學家。不過便是這一點點，就很可以看見雖然同是從《凱撒傳》來看它所表現的群眾，結果卻已經和杜衡先生有這麼的差別。而且也很可以推見，正不會如杜衡先生所豫料，「將使作者大大地開罪於許多把群眾底理性和感情用另一方式來估計的朋友們」了。

所以，杜衡先生大可以不必替莎士比亞發愁。彼此其實都很明白：「陰險而卑鄙的凱西烏斯，和表面上顯得那麼麻木而糊塗的安東尼」，就是在那時候的群眾，也「不過是餘興」而已。

九月三十日。

【注釋】

1 本篇最初發表於一九三四年十一月《文學》月刊第三卷第五號「文學論壇」欄，署名隼。同年九月三十日《魯迅日記》：「夜作《解杞憂》一篇」，即此文。

「以眼還眼」，見《新約全書．馬太福音》第五章第三十八節：「以眼還眼，以牙還牙。」

2 莎士比亞（W.Shakespeare，一五六四—一六一六）歐洲文藝複興時期的英國戲劇家、詩人。

《凱撒傳》，即《攸里烏斯．凱撒》。是一部以凱撒為主角的歷史劇。

凱撒（Gaius Iulius Caesar，前一〇〇—前四四），古羅馬將領、政治家。西元前四十八年被任為終身獨裁者，西元前四十四年被共和派領袖勃魯都斯（約前八五—前四二）刺死。勃魯都斯刺殺凱撒後，逃到羅馬的東方領土，召集軍隊，準備保衛共和政治；西元前四十二年被凱撒部將安東尼（約前八三—前三〇）擊敗，自殺身死。

凱西烏斯（？—前四二），羅馬地方長官，刺殺凱撒的同謀者，亦為安東尼所敗，自殺。

3 《文藝風景》月刊，施蟄存編輯，一九三四年六月創刊，僅出二期。上海光華書局發行。

4 孔丘的話。語見《論語．子罕》。「巽語」原作「巽與」，據朱熹《集注》：「巽言者，婉而導之也。」「說」同「悅」。

5 施蟄存在《現代》第五卷第五期（一九三四年九月）發表的《我與文言文》中說：「蘇俄最初是『打倒莎士比亞』，後來是『改編莎士比亞』，現在呢，不是要在戲劇季中『排演原本莎士比亞』了嗎？……這種以政治方策運用之於文學的醜態，豈不令人齒冷！」

《現代》，文藝月刊，施蟄存、杜衡編輯，一九三二年五月創刊於上海，一九三五年五月停刊。

6 莎士比亞的著名悲劇。劇中幾次出現被毒死的丹麥國王老哈姆雷特的鬼魂。

7 舊時學塾初級讀物《千字文》中的句子。「吊民」原出《孟子．滕文公》：「誅其君，吊其民。」「伐罪」原出《周禮．夏官．大司馬》：「救無辜，伐有罪。」

8 布魯特奇（Plutarch，約四六—約一二〇）通譯普魯塔克，古希臘作家。

《英雄傳》，即《希臘羅馬名人傳》，是歐洲最早的傳記文學作品，後來不少詩人和歷史劇作家都從中選取題材。

9 顯斯妥夫（UVJHIG，一八六八—一九三八）俄國文藝批評家。十月革命後流亡國外，寓居巴黎。著有《莎士比亞及其批評者勃蘭兌斯》、《陀思妥也夫斯基和尼采》等。

10 彭貝（G.Pompeius，前一〇六—前四八）古羅馬將軍，西元前七〇年任執政；後與凱撒爭權，西元前四十八年為凱撒所敗，逃亡埃及，被他的部下所暗殺。

11 辛那（L.C.Cinna）西元前四十四年任羅馬地方長官。凱撒被刺時，他同情並公開讚美刺殺者。

說「面子」[1]

「面子」，是我們在談話裡常常聽到的，因為好像一聽就懂，所以細想的人大約不很多。

但近來從外國人的嘴裡，有時也聽到這兩個音，他們似乎在研究。他們以為這一件事情，很不容易懂，然而是中國精神的綱領，只要抓住這個，就像二十四年前的拔住了辮子一樣，全身都跟著走動了。

相傳前清時候，洋人到總理衙門去要求利益，一通威嚇，嚇得大官們滿口答應，但臨走時，卻被從邊門送出去。不給他走正門，就是他沒有面子；他既然沒有了面子，自然就是中國有了面子，也就是占了上風了。這是不是事實，我斷不定，但這故事，「中外人士」中是頗有些人知道的。

因此，我頗疑心他們想專將「面子」給我們。

但「面子」究竟是怎麼一回事呢？不想還好，一想可就覺得糊塗。它像是很有好幾種的，每一種身價，就有一種「面子」，也就是所謂「臉」。這「臉」有一條界線，如果落到這線的下面去了，即失了面子，也叫作「丟臉」。不怕「丟臉」，便是「不要臉」。但倘使做了超出這線以上的事，就「有面子」，或曰「露臉」。而「丟臉」之道，則因人而不同，例如車夫坐在路邊赤膊捉蝨子，並不算什麼，富家姑爺坐在路邊赤膊捉蝨子，才成為「丟臉」。

但車夫也並非沒有「臉」，不過這時不算「丟」，要給老婆踢了一腳，就躺倒哭起來，這才成為他的「丟臉」。這一條「丟臉」律，是也適用於上等人的。這樣看來，「丟臉」的機會，似乎上等人比較的多，但也不一定，例如車夫偷一個錢袋，被人發見，是失了面子的，而上等人大撈一批金珠珍玩，卻彷彿也不見得怎樣「丟臉」，況且還有「出洋考察」[2]，是改頭換面的良方。

誰都要「面子」，當然也可以說是好事情，但「面子」這東西，卻實在有些怪。九月三十日的《申報》就告訴我們一條新聞：滬西有業木匠大包作頭之羅立鴻，為其母出殯，邀開「貰器店之王樹寶夫婦幫忙，因來賓眾多，所備白衣，不敷分配，其時適有名王道才，綽號三喜子，亦到來送殯，爭穿白衣不遂，以為有失體面，心中懷恨，……邀集徒黨數十人，各執鐵棍，據說尚有持手槍者多人，將王樹寶家人亂打，一時雙方有劇烈之戰爭，頭破血流，多人受有重傷。……」

白衣是親族有服者所穿的，現在必須「爭穿」而又「不遂」，足見並非親族，但竟以為「有失體面」，演成這樣的大戰了。這時候，好像只要和普通有些不同便是「有面子」，而自己成了什麼，卻可以完全不管。這類脾氣，是「紳商」也不免發露的：袁世凱[3]將要稱帝的時候，有人以列名於勸進表中為「有面子」；有一國從青島撤兵[4]的時候，有人以列名於萬民傘上為「有面子」。

所以，要「面子」也可以說並不一定是好事情——但我並非說，人應該「不要臉」。現在說話難，如果主張「非孝」，就有人會說你在煽動打父母，主張男女平等，就有人會說你在提倡亂交——這聲明是萬不可少的。

況且，「要面子」和「不要臉」實在也可以有很難分辨的時候。不是有一個笑話麼？一個紳士有錢有勢，我假定他叫四大人罷，人們都以能夠和他扳談為榮。有一個專愛誇耀的小癟三，一天高興的告訴別人道：「四大人和我講過話了！」人問他「說什麼呢？」答道：「我站在他門口，四大人出來了，對我說：滾開去！」當然，這是笑話，是形容這人的「不要臉」，但在他本人，是以為「有面子」的，如此的人一多，也就真成為「有面子」了。別的許多人，不是四大人連「滾開去」也不對他說麼？

在上海，「吃外國火腿」[5]雖然還不是「有面子」，卻也不算怎麼「丟臉」了，然而比起被一個本國的下等人所踢來，又彷彿近於「有面子」。

中國人要「面子」，是好的，可惜的是這「面子」是「圓機活法」[6]，善於變化，於是就和「不要臉」混起來了。長谷川如是閒說「盜泉」[7]云：「古之君子，惡其名而不飲，今之君子，改其名而飲之。」也說穿了「今之君子」的「面子」的秘密。

十月四日。

【注釋】

1 本篇最初發表於一九三四年十月上海《漫畫生活》月刊第二期。

2 舊時的軍閥、政客在失勢或失意時，常以「出洋考察」作為暫時隱退、伺機再起的手段。其中也有並不真正「出洋」，只用這句話來保全面子的。

3 袁世凱（一八五九—一九一六）字慰亭，河南項城人。原是清朝直隸總督兼北洋大臣、內閣總理大臣。辛亥革命後，竊取中華民國大總統職位。一九一六年一月復辟帝制，自稱「洪憲皇帝」；

同年三月，在全國人民聲討中被迫取消帝制，六月病死。

4 指一九二二年十二月日本撤走侵佔青島的軍隊。

5 舊時上海俗語，意指被外國人所踢。

6 隨機應變的方法。「圓機」，語見《莊子・盜蹠》：「若是若非，執而圓機。」據唐代成玄英注：「圓機，猶環中也；執環中之道，以應是非。」

7 長谷川如是閒（一八七五—一九六九）日本評論家。著有《現代社會批判》、《日本的性格》等。不飲盜泉，原是中國的故事，見《尸子》（清代章宗源輯本）卷下：「孔子……過於盜泉，渴矣而不飲，惡其名也。」據《水經注》：盜泉出卞城（今山東泗水縣東）東北卞山之陰。

運命[1]

有一天，我坐在內山書店[2]裡閒談——我是常到內山書店去閒談的，我的可憐的敵對的「文學家」，還曾經借此竭力給我一個「漢奸」的稱號[3]，可惜現在他們又不堅持了——才知道日本的丙午年生，今年二十九歲的女性，是一群十分不幸的人。

大家相信丙午年生的女人要剋夫，即使再嫁，也還要剋，而且可以多至五六個，所以想結婚是很困難的。這自然是一種迷信，但日本社會上的迷信也還是真不少。我問：可有方法解除這夙命呢？回答是：沒有。

接著我就想到了中國。

許多外國的中國研究家，都說中國人是定命論者，命中註定，無可奈何；就是中國的論者，現在也有些人這樣說。但據我所知道，中國女性就沒有這樣無法解除的命運。「命凶」或「命硬」，是有的，但總有法子想，就是所謂「禳解」；或者和不怕相剋的命的男子結婚，制住她的「凶」或「硬」。假如有一種命，說是要連剋五六個丈夫的罷，那就早有道士之類出場，自稱知道妙法，用桃木刻成五六個男人，畫上符咒，和這命的女人一同行「結儷之禮」後，燒掉或埋掉，於是真來訂婚的丈夫，就算是第七個，毫無危險了。

中國人的確相信運命，但這運命是有方法轉移的。所謂「沒有法子」，有時也就是一種另想道路——轉移運命的方法。等到確信這是「運命」，真真「沒有法子」的時候，那是在事實上已經十足碰壁，或者恰要滅亡之際了。運命並不是中國人的事前的指導，乃是事後的一種不費心思的解釋。

中國人自然有迷信，也有「信」，但好像很少「堅信」。我們先前最尊皇帝，但一面想玩弄他，也尊后妃，但一面又有些想吊她的膀子；畏神明，而又燒紙錢作賄賂，佩服豪傑，卻不肯為他作犧牲。崇孔的名儒，一面拜佛，信甲的戰士，明天信丁。宗教戰爭是向來沒有的，從北魏到唐末的佛道二教的此仆彼起，是只靠幾個人在皇帝耳朵邊的甘言蜜語。風水，符咒，拜禱……偌大的「運命」，只要化一批錢或磕幾個頭，就改換得和註定的一筆大不相同了——就是並不註定。

我們的先哲，也有知道「定命」有這麼的不定，是不足以定人心的，於是他說，這用種種方法之後所得的結果，就是真的「定命」，而且連必須用種種方法，也是命中註定的。但看起一般的人們來，卻似乎並不這樣想。

人而沒有「堅信」，狐狐疑疑，也許並不是好事情，因為這也就是所謂「無特操」。但我以為信運命的中國人而又相信運命可以轉移，卻是值得樂觀的。不過現在為止，是在用迷信來轉移別的迷信，所以歸根結蒂，並無不同，以後倘能用正當的道理和實行——科學來替換了這迷信，那麼，定命論的思想，也就和中國人離開了。

假如真有這一日，則和尚，道士，巫師，星相家，風水先生……的寶座，就都讓給了科學家，我們也不必整年的見神見鬼了。

十月二十三日。

【注釋】

1 本篇最初發表於一九三四年十一月二十日《太白》半月刊第一卷第五期，署名公汗。

2 內山書店日本人內山完造（一八八五—一九五九）在上海開設的書店，主要經售日文書籍。

3 號一九三三年七月，曾今可主辦的《文藝座談》第一卷第一期刊登署名白羽遐的《內山書店小坐記》，影射魯迅為日本的間諜（參看《偽自由書·後記》）。又一九三四年五月《社會新聞》第七卷第十二期刊登署名思的《魯迅願作漢奸》一稿，誣蔑魯迅「與日本書局訂定密約……樂於作漢奸矣」。

臉譜臆測[1]

對於戲劇，我完全是外行。但遇到研究中國戲劇的文章，有時也看一看。近來的中國戲是否象徵主義，或中國戲裡有無象徵手法的問題，我是覺得很有趣味的。

伯鴻先生在《戲》週刊十一期（《中華日報》副刊）上，說起臉譜，承認了中國戲有時用象徵的手法，「比如白表『奸詐』，紅表『忠勇』，黑表『威猛』，藍表『妖異』，金表『神靈』之類，實與西洋的白表『純潔清淨』，黑表『悲哀』，紅表『熱烈』，黃金色表『光榮』和『努力』」並無不同，這就是「色的象徵」，雖然比較的單純，低級。[2]

這似乎也很不錯，但再一想，卻又生了疑問，因為白表奸詐，紅表忠勇之類，是只以在臉上為限，一到別的地方，白就並不象徵奸詐，紅也不表示忠勇了。

對於中國戲劇史，我又是完全的外行。我只知道古時候（南北朝）的扮演故事，是帶假面的[3]，這假面上，大約一定得表示出這角色的特徵，一面也是這角色的臉相的規定。古代的假面和現在的打臉的關係，好像還沒有人研究過，假使有些關係，那麼，「白表奸詐」之類，就恐怕只是人物的分類，卻並非象徵手法了。

中國古來就喜歡講「相人術」[4]，但自然和現在的「相面」不同，並非從氣色上看出禍福來，而是所謂「誠於中，必形於外」[5]，要從臉相上辨別這人的好壞的方法。一般的人們，也有這一種意見的，我們在現在，還常聽到「看他樣子就不是好人」這一類話。這「樣子」的具體的表現，就是戲劇上的「臉譜」。

富貴人全無心肝，只知道自私自利，吃得白白胖胖，什麼都做得出，於是白就表了奸詐。

紅表忠勇，是從關雲長的「面如重棗」來的。「重棗」是怎樣的棗子，我不知道，要之，總是紅色的罷。在實際上，忠勇的人思想較為簡單，不會神經衰弱，面皮也容易發紅，倘使他要永遠中立，自稱「第三種人」，精神上就不免時時痛苦，臉上一塊青，一塊白，終於顯出白鼻子來了。

黑表威猛，更是極平常的事，整年在戰場上馳驅，臉孔怎會不黑，擦著雪花膏的公子，是一定不肯自己出面去戰鬥的。

士君子常在一門一門的將人們分類，平民也在分類，我想，這「臉譜」，便是優伶和看客公同逐漸議定的分類圖。不過平民的辨別，感受的力量，是沒有士君子那麼細膩的。況且我們古時候戲臺的搭法，又和羅馬不同[6]，使看客非常散漫，表現倘不加重，他們就覺不到，看不清。這麼一來，各類人物的臉譜，就不能不誇大化，漫畫化，甚而至於到得後來，弄得稀奇古怪，和實際離得很遠，好像象徵手法了。

臉譜，當然自有它本身的意義的，但我總覺得並非象徵手法，而且在舞臺的構造和看客的程度和古代不同的時候，它更不過是一種贅疣，無須扶持它的存在了。然而用在別一種有意義的玩藝上，在現在，我卻以為還是很有興趣的。

十月三十一日。

【注釋】

1 本篇在印入本書前未能發表，參看本書《附記》。

2 《戲》週刊第十一期（一九三四年十月二十八日）曾發表伯鴻的《蘇聯為什麼邀梅蘭芳去演戲（上）》一文，該文先引《申報》「讀書問答」欄《梅蘭芳與中國舊劇的前途（三）》文中的話說：「中國舊劇其取材大半是歷史上的傳說，其立論大體是『勸善罰惡』的老套，這裡面既不含有神秘的感情，也就用不著以觀感的具體的符號來象徵什麼……即如那一般人認為最含有象徵主義意味的臉譜，和那以馬鞭代馬的玩意兒，也只能說藉以幫助觀眾對於劇情的理解，不能認為即是象徵主義。」

於是接著說：「這個是很正確的了。但是他因否定了中國舊戲是象徵主義，同時否定了中國舊劇採用的一些『象徵手法』。比如白表『奸詐』，紅表『忠勇』……因為『色的象徵』，還有『音的象徵』『形的象徵』，也經有意識或無意識地使用著……這一些都是象徵的手法，不過多是比較單純的低級的。」

3 指南北朝時的歌舞戲《大面》。據《舊唐書·音樂志》載：「《大面》出於北齊。北齊蘭陵王長恭，才武而面美，常戴著假面以對敵。嘗擊周師金墉城下，勇冠三軍，齊人壯之，為此舞以效其指麾擊刺之容，謂之《蘭陵王入陣曲》。」

4 《左傳》文西元年：「內史叔服來會葬；公孫敖聞其能相人也，見其二子焉。」又《漢書·藝文志》「形法」類著錄有《相人》一書。

5 語出《大學》：「人之視己，如見其肺肝然……此謂誠於中，形於外；故君子必慎其獨也。」

6 古代羅馬劇場，中間為圓形表演場地，周圍環繞著臺階式的觀眾席，近似現代的體育場。

隨便翻翻[1]

我想講一點我的當作消閒的讀書——隨便翻翻。但如果弄得不好，會受害也說不定的。

我最初去讀書的地方是私塾，第一本讀的是《鑒略》[2]，桌上除了這一本書和習字的描紅格，對字（這是做詩的準備）的課本之外，不許有別的書。但後來竟也慢慢的認識字了，一認識字，對於書就發生了興趣，家裡原有兩三箱破爛書，於是翻來翻去，大目的是找圖畫看，後來也看看文字。這樣就成了習慣，書在手頭，不管它是什麼，總要拿來翻一下，或者看一遍序目，或者讀幾葉內容，到得現在，還是如此，不用心，不費力，往往在作文或看非看不可的書籍之後，覺得疲勞的時候，也拿這玩意來作消遣了，而且它也的確能夠恢復疲勞。

倘要騙人，這方法很可以冒充博雅。現在有一些老實人，和我閒談之後，常說我書是看得很多的，略談一下，我也的確好像書看得很多，殊不知就為了常常隨手翻翻的緣故，卻並沒有本本細看。

還有一種很容易到手的秘本，是《四庫書目提要》，倘還怕繁，那麼，《簡明目錄》[3]也可以，這可要細看，它能做成你好像看過許多書。不過我也曾用過正經工夫，如什麼「國學」之類，請過先生指教，留心過學者所開的參考書目。結果都不滿意。有些書目開得太多，要十來年才能看完，我還疑心他自己就沒有看；只開幾部的較好，可是這須看這位開書目的先生了，如果他是一位糊塗蟲，那麼，開出來的幾部一定也是極頂糊塗書，不看還好，一看就糊塗。

我並不是說，天下沒有指導後學看書的先生，有是有的，不過很難得。

這裡只說我消閒的看書——有些正經人是反對的，以為這麼一來，就「雜」！「雜」，現在又算是很壞的形容詞。但我以為也有好處。譬如我們看一家的陳年賬簿，每天寫著「豆付三文，青菜十文，魚五十文，醬油一文」，就知先前這幾個錢就可買一天的小菜，吃夠一家；看一本舊曆本，寫著「不宜出行，不宜沐浴，不宜上梁」，就知道先前是有這麼多的禁忌。看見了宋人筆記裡的「食菜事魔」[4]，明人筆記裡的「十彪五虎」[5]，就知道「哦呵，原來『古已有之』。」

但看完一部書，都是些那時的名人軼事，某將軍每餐要吃三十八碗飯，某先生體重一百七十五斤半；或是奇聞怪事，某村雷劈蜈蚣精，某婦產生人面蛇，毫無益處的也有。這時可得自己有主意了，知道這是幫閒文士所做的書。凡幫閒，他能令人消閒消得最壞，他用的是最壞的方法。倘不小心，被他誘過去，那就墜入陷阱，後來滿腦子是某將軍的飯量，某先生的體重，蜈蚣精和人面蛇了。

講扶乩的書，講婊子的書，倘有機會遇見，不要皺起眉頭，顯示憎厭之狀，也可以翻一翻；明知道和自己意見相反的書，已經過時的書，也用一樣的辦法。例如楊光先的《不得已》[6]是清初的著作，但看起來，他的思想是活著的，現在意見和他相近的人們正多得很。這也有一點危險，也就是怕被它誘過去。治法是多翻，翻來翻去，一多翻，就有比較，比較是醫治受騙的好方子。鄉下人常常誤認一種硫化銅為金礦，空口是和他說不明白的，或者他還會趕緊藏起來，疑心你要白騙他的寶貝。但如果遇到一點真的金礦，只要用手掂一掂輕重，他就死心塌地：明白了。

「隨便翻翻」是用各種別的礦石來比的方法，很費事，沒有用真的金礦來比的明白，簡單。我看現在青年的常在問人該讀什麼書，就是要看一看真金，免得受硫化銅的欺騙。而且一識得真金，一面也就真的識得了硫化銅，一舉兩得了。

但這樣的好東西，在中國現有的書裡，卻不容易得到。我回憶自己的得到一點知識，真是苦得可憐。幼小時候，我知道中國在「盤古氏開闢天地」之後，有三皇五帝，……宋朝，元朝，明朝，「我大清」[7]。到二十歲，又聽說「我們」的成吉思汗[8]征服歐洲，是「我們」最闊氣的時代。

到二十五歲，才知道所謂這「我們」最闊氣的時代，其實是蒙古人征服了中國，我們做了奴才。直到今年八月裡，因為要查一點故事，翻了三部蒙古史，這才明白蒙古人的征服「斡羅思」[9]，侵入匈奧，還在征服全中國之前，那時的成吉思還不是我們的汗，倒是俄人被奴的資格比我們老，應該他們說「我們的成吉思汗征服中國，是我們最闊氣的時代」的。

我久不看現行的歷史教科書了，不知道裡面怎麼說；但在報章雜誌上，卻有時還看見以成吉思汗自豪的文章。事情早已過去了，原沒有什麼大關係，但也許正有著大關係，而且無論如何，總是說些真實的好。所以我想，無論是學文學的，學科學的，他應該先看一部關於歷史的簡明而可靠的書。但如果他專講天王星，或海王星，蝦蟆的神經細胞，或只詠梅花，叫妹妹，不發關於社會的議論，那麼，自然，不看也可以的。

我自己是因為懂一點日本文，在用日譯本《世界史教程》和新出的《中國社會史》[10]應應急的，都比我歷來所見的歷史書類說得明確。前一種中國曾有譯本，但只有一本，後五本不譯了，譯得怎樣，因為沒有見過，不知道。後一種中國倒先有譯本，叫作《中國社會發展史》，不過據日譯者說，是多錯誤，有刪節，靠不住的。

我還在希望中國有這兩部書。又希望不要一哄而來，一哄而散，要譯，就譯他完；也不要刪節，要刪節，就得聲明，但最好還是譯得小心，完全，替作者和讀者想一想。

十一月二日。

【注釋】

1 本篇最初發表於一九三四年十一月上海《讀書生活》月刊第一卷第二期，署名公汗。

2 清代王仕雲著，是舊時學塾所用的一種初級歷史讀物，四言韻語，上起盤古，下迄明代弘光。

3 即《四庫全書總目提要》，紀昀編撰。參本書〈買《小學大全》記〉注11。《簡明目錄》，即《四庫全書簡明目錄》，共二十卷，亦紀昀編撰，各書提要較《總目》簡略，並且不錄《總目》中「存目」部分的書目。

4 五代兩宋時農民的秘密宗教組織明教，提倡素食，供奉摩尼（來源於古代波斯的摩尼教）為光明之神。因此在有關他們的記載中有「食菜事魔」的說法。宋代莊季裕《雞肋編》卷上載：「事魔食菜法……近時事者益眾，云自福建流至溫州，遂及二浙，睦州方臘之亂（一一二〇—一一二一），其徒處處相煽而起。聞其法斷葷酒，不事神佛祖先，不會賓客，死則裸葬……始投其黨，有甚貧者，眾率財以助，積微以至於小康矣。凡出入經過，雖不識，黨人皆館穀焉；人物用之無問，謂為一家，故有『無礙被』之說……但禁令太嚴，每有告者，株連既廣，又常籍沒，全家流放，與死為等；必協力同心，以拒官吏，州縣憚之，率不敢按，反致增多。」

5 「十彪五虎」疑應作「五虎五彪」。明代計六奇《明季北略》卷四有《五虎五彪》一則：「五虎李夔龍、吳淳夫、倪文煥、田吉等追贓發充軍，五彪田爾耕、許顯純處決，崔應元、楊寰、孫雲鶴邊衛充軍，以為附權蠹政之戒。」按《明史·魏忠賢傳》載：「當此之時，內外大權一歸忠賢……外廷文臣則崔呈秀、田吉、吳淳夫、李龍（李夔龍）、倪文煥主謀議，號『五虎』；武臣則田爾耕、許顯純、孫雲鶴、楊寰、崔應元主殺僇，號『五彪』。又吏部尚書周應秋、太僕少卿曹欽程等號『十狗』；又有『十孩兒』、『四十孫』之號。」

6 楊光先，字長公，安徽歙縣人。順治元年（一六四四）清政府委任德國天主教傳教士湯若望為欽天監監正，變更厲法，新編曆書。楊光先上書禮部，指摘新曆書封面上不該用「依西洋新法」五字。康熙四年（一六六五），又上書指摘新曆書推算該年的日蝕有錯誤，湯若望等因此被判罪，由楊光先接任欽天監監正，復用舊曆。康熙七年，楊因推閏失實入獄，後獲赦。《不得已》就是楊光先歷次指控湯若望呈文和論文的匯集，其中有濃重的封建排外思想，如《日食天象驗》一文中說：「寧可使中夏無好歷法，不可使中夏有西洋人」等。

7 舊時學塾初級讀物《三字經》中的句子。滿族統治者建立清朝政權後，一般漢族官吏對新王朝也稱之為「我大清」；魯迅在這裡不說「清朝」，含有諷刺的意味。

8 成吉思汗（一一六二—一二二七）名鐵木真，古代蒙古族領袖。一二〇六年統一蒙古族各部落，建立蒙古汗國，被擁戴為王，稱成吉思汗。他的繼承者滅南宋建立元朝後，追尊他為元太祖。他在一二一九年至一二二三年率軍西征，占領中亞和南俄。以後他的孫子拔都又於一二三五年至一二四四年第二次西征，征服俄羅斯並侵入匈、奧、波等歐洲國家。以上事件都發生在一二七九年忽必烈（即元世祖）滅宋之前。

9 即俄羅斯。見清代洪鈞《元史譯文證補》卷二十六。《新元史・外國列傳》作「斡羅斯」。

10 蘇聯波查洛夫（現譯鮑恰羅夫）等人合編的一本教科書，原名《階級鬥爭史課本》。有中譯本兩種，一為王禮錫等譯，只出第一分冊，神州國光社出版；另一種為史嵛音等譯，出了第一、二分冊，駱駝社出版。魯迅說此書只譯了一本，可能是指前一譯本。《中國社會史》，蘇聯沙發洛夫（現譯薩法羅夫）著，原名《中國史綱》。魯迅藏有早川二郎的日譯本（一九三四年版）。文中所說「叫作《中國社會發展史》」的中譯本，係李俚人譯，一九三二年上海新生命書局出版。

拿破崙與隋那[1]

我認識一個醫生，忙的，但也常受病家的攻擊，有一回，自解自嘆道：要得稱讚，最好是殺人，你把拿破崙[2]和隋那（Edward Jenner，一七四九—一八二三）[3]去比比看……我想，這是真的。拿破崙的戰績和我們什麼相干呢，我們卻總敬服他的英雄。甚而至於自己的祖宗做了蒙古人的奴隸，我們卻還恭維成吉思；從現在的卐[4]字眼睛看來，黃人已經是劣種了，我們卻還誇耀希特拉。

因為他們三個，都是殺人不眨眼的大災星。

但我們看看自己的臂膊，大抵總有幾個疤，這就是種過牛痘的痕跡，是使我們脫離了天花的危症的。自從有這種牛痘法以來，在世界上真不知救活了多少孩子，——雖然有些人大起來也還是去給英雄們做炮灰，但我們有誰記得這發明者隋那的名字呢？

殺人者在毀壞世界，救人者在修補它，而炮灰資格的諸公，卻總在恭維殺人者。

這看法倘不改變，我想，世界是還要毀壞，人們也還要吃苦的。

十一月六日。

【注釋】

1 本篇最初印入上海生活書店編輯出版的一九三五年《文藝日記》。

2 拿破崙（Napol on Bonaparte，一七六九—一八二一）即拿破崙·波拿巴，法國資產階級革命時期的軍事家、政治家。一七九九年擔任共和國執政。一八〇四年建立法蘭西第一帝國，自稱拿破崙一世。

3 通譯琴納，英國醫學家，牛痘接種的創始者。

4 德國納粹黨的黨徽。

答《戲》週刊編者信[1]

魯迅先生鑒：

《阿Q》的第一幕已經登完了，搬上舞臺實驗雖還不是馬上可以做到，但我們的準備工作是就要開始發動了。我們希望你能在第一幕剛登完的時候先發表一點意見，一方面對於我們的公演準備或者也有些幫助，另方面本刊的叢書計劃一實現也可以把你的意見和《阿Q》劇本同時付印當作一篇序。這是編者的要求，也是作者，讀者和演出的同志們的要求。祝健！

編者。

編輯先生——

在《戲》週刊[2]上給我的公開信，我早看見了；後來又收到郵寄的一張週刊，我知道這大約是在催促我的答覆。

對於戲劇，我是毫無研究的，我的最可靠的答覆，是一聲也不響。但如果先生和讀者們都肯豫先瞭解我不過是一個外行人的隨便談談，那麼，我自然也不妨說一點我個人的意見。

《阿Q》在每一期裡登得不多，每期相隔又有六天，斷斷續續的看過，也陸陸續續的忘記了。現在回憶起來，只記得那編排，將《吶喊》中的另外的人物也插進去，以顯示未莊或魯鎮的全貌的方法，是很好的。但阿Q所說的紹興話，我卻有許多地方看不懂。

現在我自己想說幾句的，有兩點——

一，未莊在那裡？《阿Q》的編者已經決定：在紹興。我是紹興人，所寫的背景又是紹興的居多，對於這決定，大概是誰都同意的。但是，我的一切小說中，指明著某處的卻少得很。中國人幾乎都是愛護故鄉，奚落別處的大英雄，阿Q也很有這脾氣。

那時我想，假如寫一篇暴露小說，指定事情是出在某處的罷，那麼，某處人恨得不共戴天，非某處人卻無異隔岸觀火，彼此都不反省，一班人咬牙切齒，一班人卻飄飄然，不但作品的意義和作用完全失掉了，還要由此生出無聊的枝節來，大家爭一通閒氣──《閒話揚州》[3]是最近的例子。為了醫病，方子上開人參，吃法不好，倒落得滿身浮腫，用蘿蔔子來解，這才恢復了先前一樣的瘦，人參白買了，還空空的折貼了蘿蔔子。

人名也一樣，古今文壇消息家，往往以為有些小說的根本是在報私仇，所以一定要穿鑿書上的誰，就是實際上的誰。為免除這些才子學者們的白費心思，另生枝節起見，我就用「趙太爺」，「錢大爺」，是《百家姓》[4]上最初的兩個字；至於阿Q的姓呢，誰也不十分了然。但是，那時還是發生了謠言。還有排行，因為我是長男，下有兩個兄弟，為豫防謠言家的毒舌起見，我的作品中的壞腳色，是沒有一個不是老大，或老四，老五的。

上面所說那樣的苦心，並非我怕得罪人，目的是在消滅各種無聊的副作用，使作品的力量較能集中，發揮得更強烈。果戈理作《巡按使》[5]，使演員直接對看客道：「你們笑自己！」（奇怪的是中國的譯本，卻將這極要緊的一句刪去了。）我的方法是在使讀者摸不著在寫自己以外的誰，一下子就推諉掉，變成旁觀者，而疑心倒像是寫自己，又像是寫一切人，由此開出反省的道路。但我看歷來的批評家，是沒有一個注意到這一點的。這回編者的對於主角阿Q所說的紹興話，取了這樣隨手胡調的態度，我看他的眼睛也是為俗塵所蔽的。

但是，指定了紹興也好。於是跟著起來的是第二個問題——

二，阿Q該說什麼話？這似乎無須問，阿Q一生的事情既然出在紹興，他當然該說紹興話。但是第三個疑問接著又來了——

三，《阿Q》是演給那裡的人們看的？倘是演給紹興人看的，他得說紹興話無疑。紹興戲文中，一向是官員秀才用官話，堂倌獄卒用土話的，也就是生，旦，淨大抵用官話，丑用土話。

我想，這也並非全為了用這來區別人的上下，雅俗，好壞，還有一個大原因，是警句或煉話，譏刺和滑稽十之九是出於下等人之口的，所以他必用土話，使本地的看客們能夠徹底的瞭解。那麼，這關係之重大，也就可想而知了。

其實，倘使演給紹興的人們看，別的腳色也大可以用紹興話，因為同是紹興話，所謂上等人和下等人說的也並不同，大抵前者句子簡，語助詞和感嘆詞少，後者句子長，語助詞和感嘆詞多，同一意思的一句話，可以冗長到一倍。但如演給別處的人們看，這劇本的作用卻減弱，或者簡直完全消失了。據我所留心觀察，凡有自以為深通紹興話的外縣人，他大抵是像目前標點明人小品的名人一樣，並不怎麼懂得的[6]；至於北方或閩粵人，我恐怕他聽了之後，不會比聽外國馬戲裡的打諢更有所得。

我想，普遍，永久，完全，這三件寶貝，自然是了不得的，不過也是作家的棺材釘，會將他釘死。譬如現在的中國，要編一本隨時隨地，無不可用的劇本，其實是不可能的，要這樣編，結果就是編不成。所以我以為現在的辦法，只好編一種對話都是比較的容易瞭解的劇本，倘在學校之類這些地方扮演，可以無須改動，如果到某一省縣，某一鄉村裡面去，那麼，這本子就算是一個底本，將其中的說白都改為當地的土話，不但語言，就是背景，人名，也都可變換，使看察覺得更加切實。譬如罷，如果這演劇之處並非水村，那麼，航船可以化為大車，七斤[7]也可以叫作「小辮兒」的。

我的意見說完了，總括一句，不過是說，這劇本最好是不要專化，卻使大家可以活用。臨末還有一點尾巴，當然決沒有叭兒君的尾巴的有趣。這是我十分抱歉的，不過還是非說不可。

記得幾個月之前，曾經回答過一個朋友的關於大眾語的質問，這信後來被發表在《社會月報》上了[8]，末了是楊村人先生的一篇文章[9]。一位紹伯先生就在《火炬》上說我已經和楊村人先生調和，並且深深的感慨了一番中國人之富於調和性[10]。這一回，我的這一封信，大約也要發表的罷，但我記得《戲》週刊上已曾發表過曾今可葉靈鳳[11]兩位先生的文章；葉先生還畫了一幅阿Q像，好像我那一本《吶喊》還沒有在上茅廁時候用盡，倘不是多年便秘，那一定是又買了一本新的了。

如果我被紹伯先生的判決所震懾，這回是應該不敢再寫什麼的，但我想，也不必如此。只是在這裡要順便聲明：我並無此種權力，可以禁止別人將我的信件在刊物上發表，而且另外還有誰的文章，更無從豫先知道，所以對於同一刊物上的任何作者，都沒有表示調和與否的意思；但倘有同一營壘中人，化了裝從背後給我一刀，則我的對於他的憎惡和鄙視，是在明顯的敵人之上的。

這倒並非個人的事情，因為現在又到了紹伯先生可以施展老手段的時候，我若不聲明，則我所說過的各節，縱非買辦意識[12]，也是調和論了，還有什麼意思呢？

專此布覆，即請

文安。

魯迅。十一月十四日。

【注釋】

1 本篇最初發表於一九三四年十一月二十五日上海《中華日報》副刊《戲》週刊第十五期。

2 《戲》週刊《中華日報》副刊之一，袁牧之主編，一九三四年八月十九日創刊。袁梅（袁牧之）所作《阿Q正傳》劇本，於該刊創刊號起開始連載。

3 易君左著，一九三四年三月上海中華書局出版。是一本關於揚州的雜記。書中對當地習俗和生活狀況的描述，引起一些揚州人的不滿，他們以誹謗罪控告作者，要求將他撤職查辦（當時作者任江蘇省教育廳編審科主任），因此不久該書即被毀版停售。

4 以前學塾所用的識字課本之一，宋初人編纂。為便於誦讀，將姓氏連綴為四言韻語。「趙錢孫李」是書中的首句。

5 果戈理（N.Gogol，一八〇九—一八五二）俄國作家。《巡按使》，通譯《欽差大臣》，諷刺喜劇。「你們笑自己」這句話是該劇第五幕第八場中市長發覺自己被騙，面對哄笑著的觀眾說的。一九二一年商務印書館出版、賀啟明譯的《巡按》中，這句話譯為：「這都是笑的甚麼？不是笑的你嗎？」

6 指劉大傑標點的《袁中郎全集》中的斷句錯誤。參看《花邊文學·罵殺與捧殺》。

7 魯迅小說《風波》中的人物。袁牧之改編的《阿Q正傳》劇本裡也有這樣一個人物，叫做「航船七斤」。

8 即本書的《答曹聚仁先生信》。

9 楊村人（一九〇一—一九五五）廣東潮安人。一九二五年加入中國共產黨，一九二八年參加太陽社，一九三二年叛變革命。「一篇文章」，指《赤區歸來記（續）》，參看本書《附記》。

10 紹伯的文章題為《調和》，發表於一九三四年八月三十一日《大晚報．火炬》。參看本書《附記》。

11 曾今可（一九〇一－一九七一）江西泰和人。他曾提倡所謂「解放詞」，內容大多庸俗無聊；並與張資平同辦《文藝座談》，攻擊左翼文藝。參看《偽自由書．後記》。
葉靈鳳（一九〇四－一九七五），江蘇南京人。他曾在《現代小說》第三卷第二期（一九二九年十一月）發表小說《窮愁的自傳》，其中人物魏日青說：「照著老例，起身後我便將十二枚銅元從舊貨攤上買來的一冊《吶喊》撕下三頁到露臺上去大便。」

12 林默（廖沫沙）在一九三四年七月三日《大晚報．火炬》上發表《論「花邊文學」》一文，錯誤地認為魯迅的雜文《倒提》有買辦意識。參看《花邊文學．倒提》及其附錄。

寄《戲》週刊編者信[1]

編輯先生：

今天看《戲》週刊第十四期，《獨白》[2]上「抱憾」於不得我的回信，但記得這信已於前天送出了，還是病中寫的，自以為巴結得很，現在特地聲明，算是討好之意。

在這週刊上，看了幾個阿Q像[3]，我覺得都太特別，有點古裡古怪。我的意見，以為阿Q該是三十歲左右，樣子平平常常，有農民式的質樸，愚蠢，但也很沾了些遊手之徒的狡猾。在上海，從洋車夫和小車夫裡面，恐怕可以找出他的影子來的，不過沒有流氓樣，也不像癟三樣。只要在頭上戴上一頂瓜皮小帽，就失去了阿Q，我記得我給他戴的是氈帽。這是一種黑色的，半圓形的東西，將那帽邊翻起一寸多，戴在頭上的；上海的鄉下，恐怕也還有人戴。

報上說要圖畫，我這裡有十張，是陳鐵耕君[4]刻的，今寄上，如不要，仍請寄回。他是廣東人，所用的背景有許多大約是廣東。第二，第三之二，第五，第七這四幅，比較刻的好；第三之一和本文不符；第九更遠於事實，那時那裡有摩托車給阿Q坐呢？該是大車，有些地方叫板車，是一種馬拉的四輪的車，平時是載貨物的。但紹興也並沒有這種車，我用的是那時的北京的情形，我在紹興，其實並未見過這樣的盛典。

又，今天的《阿Q正傳》上說：「小D大約是小董罷？」並不是的。他叫「小同」，大起來，和阿Q一樣。

專此布達，並請

撰安。

魯迅上。十一月十八日。

【注釋】

1 本篇最初發表於一九三四年十一月二十五日《中華日報》副刊《戲》週刊第十五期。

2 《戲》週刊第十四期（一九三四年十一月十八日）刊載的編者的話。其中說：「這一期上我們很抱憾的是魯迅先生對於阿Q劇本的意見並沒有來，只得待諸下期了。」

3《戲》週刊在發表《阿Q正傳》劇本時，從一九三四年九月起，同時刊載劇中人物的畫像。「頭上戴上一頂瓜皮小帽」的阿Q像，葉靈鳳作，見該刊第十二期（十一月四日）。

4木刻家。

中國文壇上的鬼魅[1]

一

當國民黨對於共產黨從合作改為剿滅之後，有人說，國民黨先前原不過利用他們的，北伐將成的時候，要施行剿滅是豫定的計劃。但我以為這說的並不是真實。國民黨中很有些有權力者，是願意共產的，他們那時爭先恐後的將自己的子女送到蘇聯去學習，便是一個證據，因為中國的父母，孩子是他們第一等寶貴的人，他們決不至於使他們去練習做剿滅的材料。不過權力者們好像有一種錯誤的思想，他們以為中國只管共產，但他們自己的權力卻可以更大，財產和姨太太也更多；至少，也總不會比不共產還要壞。

我們有一個傳說。大約二千年之前，有一個劉先生，積了許多苦功，修成神仙，可以和他的夫人一同飛上天去了，然而他的太太不願意。為什麼呢？她捨不得住著的老房子，養著的雞和狗。劉先生只好去懇求上帝，設法連老房子，雞，狗，和他們倆全都弄到天上去，這才做成了神仙[2]。也就是大大的變化了，其實卻等於並沒有變化。

假使共產主義國裡可以毫不改動那些權力者的老樣，或者還要闊，他們是一定贊成的。然而後來的情形證明了共產主義沒有上帝那樣的可以通融辦理，於是才下了剿滅的決心。孩子自然是第一等寶貴的人，但自己究竟更寶貴。

於是許多青年們，共產主義者及其嫌疑者，左傾者及其嫌疑者，以及這些嫌疑者的朋友們，就到處用自己的血來洗自己的錯誤，以及那些權力者們的錯誤。權力者們的先前的錯誤，是受了他們的欺騙的，所以必得用他們的血來洗乾淨。然而另有許多青年們，卻還不知底細，在蘇聯學畢，騎著駱駝高高興興的由蒙古回來了。我記得有一個外國旅行者還曾經看得酸心，她說，他們竟不知道現在在祖國等候他們的，卻已經是絞架。

不錯，是絞架。但絞架還不算壞，簡簡單單的只用絞索套住了頸子，這是屬於優待的。而且也並非個個走上了絞架，他們之中的一些人，還有一條路，是使勁的拉住了那頸子套上了絞索的朋友的腳。這就是用事實來證明他內心的懺悔，能懺悔的人，精神是極其崇高的。

二

從此而不知懺悔的共產主義者，在中國就成了該殺的罪人。而且這罪人，卻又給了別人無窮的便利；他們成為商品，可以賣錢，給人添出職業來了。而且學校的風潮，戀愛的糾紛，也總有一面被指為共產黨，就是罪人，因此極容易的得到解決。如果有誰和有錢的詩人辯論，那詩人的最後的結論是：共產黨反對資產階級，我有錢，他反對我，所以他是共產黨。於是詩神就坐了金的坦克車，凱旋了。

但是，革命青年的血，卻澆灌了革命文學的萌芽，在文學方面，倒比先前更其增加了革命性。政府裡很有些從外國學來，或在本國學得的富於智識的青年，他們自然是覺得的，最先用的是極普通的手段：禁止書報，壓迫作者，終於是殺戮作者，五個左翼青年作家[3]就做了這示威的犧牲。然而這事件又並沒有公表，他們很知道，這事是可以做，卻不可以說的。古人也早經說過，「以馬上得天下，不能以馬上治之。」[4]所以要剿滅革命文學，還得用文學的武器。

作為這武器而出現的，是所謂「民族文學」[5]。他們研究了世界上各人種的臉色，決定了臉色一致的人種，就得取同一的行為，所以黃色的無產階級，不該和黃色的有產階級鬥爭，卻該和白色的無產階級鬥爭。他們還想到了成吉思汗，作為理想的標本，描寫他的孫子拔都汗，怎樣率領了許多黃色的民族，侵入斡羅斯，將他們的文化摧殘，貴族和平民都做了奴隸。

中國人跟了蒙古的可汗去打仗，其實是不能算中國民族的光榮的，但為了撲滅斡羅斯，他們不能不這樣做，因為我們的權力者，現在已經明白了古之斡羅斯，即今之蘇聯，他們的主義，是決不能增加自己的權力，財富和姨太太的了。然而，現在的拔都汗是誰呢？

一九三一年九月，日本佔據了東三省，這確是中國人將要跟著別人去毀壞蘇聯的序曲，民族主義文學家們可以滿足的了。但一般的民眾卻以為目前的失去東三省，比將來的毀壞蘇聯還緊要，他們激昂了起來。於是民族主義文學家也只好順風轉舵，改為對於這事件的啼哭，叫喊了。

許多熱心的青年們往南京去請願，要求出兵；然而這須經過極辛苦的試驗，火車不准坐，露宿了幾日，才給他們坐到南京，有許多是只好用自己的腳走。到得南京，卻不料就遇到一大隊曾經訓練過的「民眾」，手裡是棍子，皮鞭，手槍，迎頭一頓打，使他們只好臉上或身上腫起幾塊，當作結果，垂頭喪氣的回家，有些人還從此找不到，有的是在水裡淹死了，據報上說，那是他們自己掉下去的[6]。

民族主義文學家們的啼哭也從此收了場，他們的影子也看不見了，他們已經完成了送喪的任務。這正和上海的葬式行列是一樣的，出去的時候，有雜亂的樂隊，有唱歌似的哭聲，但那目的是在將悲哀埋掉，不再記憶起來；目的一達，大家走散，再也不會成什麼行列的了。

三

但是，革命文學是沒有動搖的，還發達起來，讀者們也更加相信了。

於是別一方面，就出現了所謂「第三種人」，是當然決非左翼，但又不是右翼，超然於左右之外的人物。他們以為文學是永久的，政治的現像是暫時的，所以文學不能和政治相關，一相關，就失去它的永久性，中國將從此沒有偉大的作品。

不過他們，忠實於文學的「第三種人」，也寫不出偉大的作品。為什麼呢？是因為左翼批評家不懂得文學，為邪說所迷，對於他們的好作品，都加以嚴酷而不正確的批評，打擊得他們寫不出來了。所以左翼批評家，是中國文學的劊子手[7]。

至於對於政府的禁止刊物，殺戮作家呢，他們不談，因為這是屬於政治的，一談，就失去他們的作品的永久性了；況且禁壓，或殺戮「中國文學的劊子手」之流，倒正是「第三種人」的永久的文學，偉大的作品的保護者。

這一種微弱的假惺惺的哭訴，雖然也是一種武器，但那力量自然是很小的，革命文學並不為它所擊退。「民族主義文學」已經自滅，「第三種文學」又站不起來，這時候，只好又來一次真的武器了。

一九三三年十一月，上海的藝華影片公司突然被一群人們所襲擊，搗毀得一塌糊塗了。他們是極有組織的，吹一聲哨，動手，又一聲哨，停止，又一聲哨，散開。臨走還留下了傳單，說他們的所以征伐，是為了這公司為共產黨所利用[8]。而且所征伐的還不止影片公司，又蔓延到書店方面去，大則一群人闖進去搗毀一切，小則不知從那裡飛來一塊石子，敲碎了值洋二百的窗玻璃。那理由，自然也是因為這書店為共產黨所利用。

高價的窗玻璃的不安全，是使書店主人非常心痛的。幾天之後，就有「文學家」將自己的「好作品」來賣給他了，他知道印出來是沒有人看的，但得買下，因為價錢不過和一塊窗玻璃相當，而可以免去第二塊石子，省了修理窗門的工作。

四

壓迫書店，真成為最好的戰略了。

但是，幾塊石子是還嫌不夠的。中央宣傳委員會也查禁了一大批書，計一百四十九種，凡是銷行較多的，幾乎都包括在裡面。中國左翼作家的作品，自然大抵是被禁止的，而且又禁到譯本。要舉出幾個作者來，那就是高爾基（Gorky），盧那卡爾斯基（Lunacharsky），斐定（Fedin），法捷耶夫（Fadeev），綏拉斐摩維支（Serafimovich），辛克萊（Upton Sinlair），甚而至於梅迪林克（Maeterlinck），梭羅古勃（Sologub），斯忒林培克（Strindberg）[9]。

這真使出版家很為難，他們有的是立刻將書繳出，燒毀了，有的卻還想補救，和官廳去商量，結果是免除了一部分。為減少將來的出版的困難起見，官員和出版家還開了一個會議。在這會議上，有幾個「第三種人」因為要保護好的文學和出版家的資本，便以雜誌編輯者的資格提議，請採用日本的辦法，在付印之前，先將原稿審查，加以刪改，以免別人也被左翼作家的作品所連累而禁止，或印出後始行禁止而使出版家受虧。這提議很為各方面所滿足，當即被採用了[10]，雖然並不是光榮的拔都汗的老方法。

而且也即開始了實行，今年七月，在上海就設立了書籍雜誌檢查處[11]，許多「文學家」的失業問題消失了，還有些改悔的革命作家們，反對文學和政治相關的「第三種人」們，也都坐上了檢查官的椅子。他們是很熟悉文壇情形的；頭腦沒有純粹官僚的糊塗，一點諷刺，一句反語，他們都比較的懂得所含的意義，而且用文學的筆來塗抹，無論如何總沒有創作的煩難，於是那成績，聽說是非常之好了。

但是，他們的引日本為榜樣，是錯誤的。日本固然不准談階級鬥爭，卻並不說世界上並無階級鬥爭，而中國則說世界上其實無所謂階級鬥爭，都是馬克思捏造出來的，所以這不准談，為的是守護真理。日本固然也禁止，刪削書籍雜誌，但在被刪削之處，是可以留下空白的，使讀者一看就明白這地方是受了刪削，而中國卻不准留空白，必須連起來，在讀者眼前好像還是一篇完整的文章，只是作者在說著意思不明的昏話。

這種在現在的中國讀者面前說昏話，是弗理契（Friche）[12]，盧那卡爾斯基他們也在所不免的。於是出版家的資本安全了，「第三種人」的旗子不見了，他們也在暗地裡使勁的拉那上了絞架的同業的腳，而沒有一種刊物可以描出他們的原形，因為他們正握著塗抹的筆尖，生殺的權力。在讀者，只看見刊物的消沉，作品的衰落，和外國一向有名的前進的作家，今年也大抵忽然變了低能者而已。

然而在實際上，文學界的陣線卻更加分明了。蒙蔽是不能長久的，接著起來的又將是一場血腥的戰鬥。

十一月二十一日。

【注釋】

1 本篇最初發表於英文刊物《現代中國》月刊第一卷第五期，參看本書《附記》。

2 東晉葛洪《神仙傳》卷四載：西漢淮南王劉安吃了仙藥成仙，「臨去時，余藥器置在中庭，雞犬舐啄之，盡得升天。」《全後漢文．仙人唐公房碑》也有唐公房得仙藥後與他的妻子、房屋、六畜一起升天的故事。

3 指李偉森、柔石、胡也頻、馮鏗和白莽（殷夫）。一九三一年二月七日，他們被反動派秘密殺害於上海龍華。參看《南腔北調集·為了忘卻的記念》。

4 語出《史記·陸賈傳》：「陸生時時前説稱詩書，高帝罵之曰：『乃公居馬上而得之，安事詩書？』陸生曰：『居馬上得之，寧可以馬上治之乎？』」

5 即「民族主義文學」，一九三〇年六月由國民黨當局策劃的御用文學。發起人為潘公展、范爭波、朱應鵬、傅彥長、王平陵等。下文所説對拔都西侵的讚美，見《前鋒月刊》第一卷第七期（一九三一年四月）黃震遐所作的詩劇《黃人之血》。參看《二心集·「民族主義文學」的任務和運命》。

6 一九三一年九一八事變後，各地學生奮起抗議國民黨的不抵抗政策，紛紛到南京請願，十二月十七日在南京舉行總示威，遭到軍警的逮捕和屠殺，有的學生被刺傷後又被扔進河裡。次日，南京衛戍當局對記者談話，詭稱死難學生是「失足落水」。

7 這裡所引「第三種人」的一些論調，見蘇汶發表在《現代》月刊第一卷第三期的《關於〈文新〉與胡秋原的文藝論辯》和第一卷第六期的《「第三種人」的出路》（一九三二年七月、十月）等文。參看《南腔北調集·論「第三種人」》。

8 關於藝華影片公司和上海良友圖書印刷公司等書店被搗毀的事，參看《准風月談·後記》。

9 關於國民黨中央宣傳委員會查禁書籍一百四十九種，參看《且介亭雜文二集·後記》。被禁的作者和書籍中有：蘇聯高爾基（一八六八－一九三六）的《高爾基文集》、《我的童年》等，盧那卡爾斯基（一八七五－一九三三）的《文藝與批評》、《浮士德與城》，斐定（一八九二－一九七七）等的《果樹園》，法捷耶夫（一九〇一－一九五六）的《毀滅》，綏拉菲摩維支（一八六三－一九四九）的《鐵流》，美國辛克萊（一八七八－一九六八）的《屠場》、《石炭王》等，比利時梅迪林克（一八六二－一九四九）的《檀泰琪兒之死》等，俄國梭羅古勃（一八六三－一九二七）等的《饑餓的光芒》，瑞典斯忒林培克（一八四九－一九一二，通譯斯特林堡）的《結婚集》等。

10 關於官員和出版家開會的事，參看作者一九三三年十一月五日致姚克信。

11 指國民黨中央宣傳委員會圖書雜誌審查委員會，一九三四年五月在上海設立。

12 弗理契（一八七〇—一九二七）蘇聯文藝評論家、文學史家，著作有《藝術社會學》、《二十世紀歐洲文學》等。

關於新文字——答問[1]

比較，是最好的事情。當沒有知道拼音字之前，就不會想到象形字的難；當沒有看見拉丁化的新文字之前，就很難明確的斷定以前的注音字母和羅馬字拼法，也還是麻煩的，不合實用，也沒有前途的文字。

方塊漢字真是愚民政策的利器，不但勞苦大眾沒有學習和學會的可能，就是有錢有勢的特權階級，費時一二十年，終於學不會的也多得很。最近，宣傳古文的好處的教授，竟將古文的句子也點錯了[2]，就是一個證據——他自己也沒有懂。不過他們可以裝作懂得的樣子，來胡說八道，欺騙不明真相的人。

所以，漢字也是中國勞苦大眾身上的一個結核，病菌都潛伏在裡面，倘不首先除去它，結果只有自己死。先前也曾有過學者[3]，想出拼音字來，要大家容易學，也就是更容易教訓，並且延長他們服役的生命，但那些字都還很繁瑣，因為學者總忘不了官話，四聲，以及這是學者創造出來的字，必需有學者的氣息。這回的新文字卻簡易得遠了，又是根據於實生活的，容易學，有用，可以用這對大家說話，聽大家的話，明白道理，學得技藝，這才是勞苦大眾自己的東西，首先的唯一的活路。

現在正在中國試驗的新文字，給南方人讀起來，是不能全懂的。現在的中國，本來還不是一種語言所能統一，所以必須另照各地方的言語來拼，待將來再圖溝通。反對拉丁化文字的人，往往將這當作一個大缺點，以為反而使中國的文字不統一了，但他卻抹殺了方塊漢字本為大多數中國人所不識，有些知識階級也並不真識的事實。

然而他們卻深知道新文字對於勞苦大眾有利，所以在瀰漫著白色恐怖的地方，這新文字是一定要受摧殘的。現在連並非新文字，而只是更接近口語的「大眾語」，也在受著苛酷的壓迫和摧殘。中國的勞苦大眾雖然並不識字，但特權階級卻還嫌他們太聰明了，正竭力的弄麻木他們的思索機關呢，例如用飛機擲下炸彈去，用機關槍送過子彈去，用刀斧將他們的頸子砍斷，就都是的。

十二月九日。

【注釋】

1 本篇曾被譯為拉丁化新文字，發表於《擁護新文字六日報》，期數未詳。

2 指劉大傑。他在上海《人間世》半月刊創刊號（一九三四年四月五日）發表的《春波樓隨筆》中說：「此等書（指《琅嬛文集》、《袁中郎全集》等）中，確有不少絕妙的小品文字，可恨清代士大夫，只會做濫調古文，不能賞識此等絕妙文章耳。」但他標點的《琅嬛文集》、《袁中郎全集》中卻有不少斷句錯誤。參看《花邊文學·罵殺與捧殺》。

3 指王照、勞乃宣等人。

病後雜談[1]

一

生一點病，的確也是一種福氣。不過這裡有兩個必要條件：一要病是小病，並非什麼霍亂吐瀉，黑死病，或腦膜炎之類；二要至少手頭有一點現款，不至於躺一天，就餓一天。

這二者缺一，便是俗人，不足與言生病之雅趣的。

我曾經愛管閒事，知道過許多人，這些人物，都懷著一個大願。大願，原是每個人都有的，不過有些人卻模模糊糊，自己抓不住，說不出。他們中最特別的有兩位：一位是願天下的人都死掉，只剩下他自己和一個好看的姑娘，還有一個賣大餅的；另一位是願秋天薄暮，吐半口血，兩個侍兒扶著，懨懨的到階前去看秋海棠。

這種志向，一看好像離奇，其實卻照顧得很周到。第一位姑且不談他罷，第二位的「吐半口血」，就有很大的道理。才子本來多病，但要「多」，就不能重，假使一吐就是一碗或幾升，一個人的血，能有幾回好吐呢？過不幾天，就雅不下去了。

我一向很少生病，上月卻生了一點點。開初是每晚發熱，沒有力，不想吃東西，一禮拜不肯好，只得看醫生。醫生說是流行性感冒。好罷，就是流行性感冒。但過了流行性感冒一定退熱的時期，我的熱卻還不退。醫生從他那大皮包裡取出玻璃管來，要取我的血液，我知道他在疑心我生傷寒病了，自己也有些發愁。然而他第二天對我說，血裡沒有一粒傷寒菌；於是注意的聽肺，平常；聽心，上等。

這似乎很使他為難。我說，也許是疲勞罷；他也不甚反對，只是沉吟著說，但是疲勞的發熱，還應該低一點。……好幾回檢查了全體，沒有死症，不至於嗚呼哀哉是明明白白的，不過是每晚發熱，沒有力，不想吃東西而已，這真無異於「吐半口血」，大可享生病之福了。因為既不必寫遺囑，又沒有大痛苦，然而可以不看正經書，不管柴米賬，玩他幾天，名稱又好聽，叫作「養病」。從這一天起，我就自己覺得好像有點兒「雅」了；那一位願吐半口血的才子，也就是那時躺著無事，忽然記了起來的。

光是胡思亂想也不是事，不如看點不勞精神的書，要不然，也不成其為「養病」。像這樣的時候，我贊成中國紙的線裝書，這也就是有點兒「雅」起來了的證據。洋裝書便於插架，便於保存，現在不但有洋裝二十五六史，連《四部備要》也硬領而皮靴了[2]，——原是不為無見的。但看洋裝書要年富力強，正襟危坐，有嚴肅的態度。假使你躺著看，那就好像兩隻手捧著一塊大磚頭，不多工夫，就兩臂酸麻，只好嘆一口氣，將它放下。

所以，我在嘆氣之後，就去尋線裝書。一尋，尋到了久不見面的《世說新語》[3]之類一大堆，躺著來看，輕飄飄的毫不費力了，魏晉人的豪放瀟灑的風姿，也彷彿在眼前浮動。由此想到阮嗣宗[4]的聽到步兵廚善於釀酒，就求為步兵校尉；陶淵明[5]的做了彭澤令，就教官田都種秫，以便做酒，因了太太的抗議，這才種了一點粳。

這真是天趣盎然，決非現在的「站在雲端裡吶喊」[6]者們所能望其項背。但是，「雅」要想到適可而止，再想便不行。例如阮嗣宗可以求做步兵校尉，陶淵明補了彭澤令，他們的地位，就不是一個平常人，要「雅」，也還是要地位。「採菊東籬下，悠然見南山」是淵明的好句，但我們在上海學起來可就難了。沒有南山，我們還可以改作「悠然見洋房」或「悠然見煙囱」的，然而要租一所院子裡有點竹籬，可以種菊的房子，租錢就每月總得一百兩，水電在外；巡捕捐按房租百分之十四，每月十四兩。單是這兩項，每月就是一百十四兩，每兩作一元四角算，等於一百五十九元六。

近來的文稿又不值錢，每千字最低的只有四五角，因為是學陶淵明的雅人的稿子，現在算他每千字三大元罷，但標點，洋文，空白除外。那麼，單單為了採菊，他就得每月譯作淨五萬三千二百字。吃飯呢？要另外想法子生發，否則，他只好「饑來驅我去，不知竟何之」了。「雅」要地位，也要錢，古今並不兩樣的，但古代的買雅，自然比現在便宜；辦法也並不兩樣，書要擺在書架上，或者拋幾本在地板上，酒杯要擺在桌子上，但算盤卻要收在抽屜裡，或者最好是在肚子裡。

此之謂「空靈」。

二

為了「雅」，本來不想說這些話的。後來一想，這於「雅」並無傷，不過是在證明我自己的「俗」。王夷甫[7]口不言錢，還是一個不乾不淨人物，雅人打算盤，當然也無損其為雅人。不過他應該有時收起算盤，或者最妙是暫時忘卻算盤，那麼，那時的一言一笑，就都是靈機天成的一言一笑，如果念念不忘世間的利害，那可就成為「杭育杭育派」[8]了。

這關鍵，只在一者能夠忽而放開，一者卻是永遠執著，因此也就大有了雅俗和高下之分。我想，這和時而「敦倫」[9]者不失為聖賢，連白天也在想女人的就要被稱為「登徒子」[10]的道理，大概是一樣的。

所以我恐怕只好自己承認「俗」，因為隨手翻了一通《世說新語》，看過「娵隅躍清池」[11]的時候，千不該萬不該的竟從「養病」想到「養病費」上去了，於是一骨碌爬起來，寫信討版稅，催稿費。寫完之後，覺得和魏晉人有點隔膜，自己想，假使此刻有阮嗣宗或陶淵明在面前出現，我們也一定談不來的。於是另換了幾本書，大抵是明末清初的野史，時代較近，看起來也許較有趣味。第一本拿在手裡的是《蜀碧》[12]。

這是蜀賓[13]從成都帶來送我的，還有一部《蜀龜鑒》[14]，都是講張獻忠[15]禍蜀的書，其實是不但四川人，而是凡有中國人都該翻一下的著作，可惜刻的太壞，錯字頗不少。翻了一遍，在卷三裡看見了這樣的一條——「又，剝皮者，從頭至尻，一縷裂之，張於前，如鳥展翅，率逾日始絕。有即斃者，行刑之人坐死。」

也還是為了自己生病的緣故罷，這時就想到了人體解剖。醫術和虐刑，是都要生理學和解剖學智識的。中國卻怪得很，固有的醫書上的人身五臟圖，真是草率錯誤到見不得人，但虐刑的方法，則往往好像古人早懂得了現代的科學。例如罷，誰都知道從周到漢，有一種施於男子的「宮刑」，也叫「腐刑」，次於「大辟」一等。對於女性就叫「幽閉」，向來不大有人提起那方法，但總之，是決非將她關起來，或者將它縫起來。近時好像被我查出一點大概來了，那辦法的凶惡，妥當，而又合乎解剖學，真使我不得不吃驚。但婦科的醫書呢？幾乎都不明白女性下半身的解剖學的構造，他們只將肚子看作一個大口袋，裡面裝著莫名其妙的東西。

單說剝皮法，中國就有種種。上面所抄的是張獻忠式；還有孫可望[16]式，見於屈大均的《安龍逸史》[17]，也是這回在病中翻到的。其時是永曆六年，即清順治九年，永曆帝已經躲在安隆（那時改為安龍），秦王孫可望殺了陳邦傳父子，御史李如月就彈劾他「擅殺勳將，無人臣禮」，皇帝反打了如月四十板。可是事情還不能完，又給孫黨張應科知道了，就去報告了孫可望。

「可望得應科報，即令應科殺如月，剝皮示眾。俄縛如月至朝門，有負石灰一筐，稻草一捆，置於其前。如月問，『如何用此？』其人曰，『是揎你的草！』如月叱曰，『瞎奴！此株株是文章，節節是忠腸也！』既而應科立右角門階，捧可望令旨，喝如月跪。如月叱曰，『我是朝廷命官，豈跪賊令?!』乃步至中門，向闕再拜。……應科促令仆地，剖脊，及臀，如月大呼曰：『死得快活，渾身清涼！』又呼可望名，大罵不絕。及斷至手足，轉前胸，猶微聲恨罵；至頸絕而死。隨以灰漬之，紉以線，後乃入草，移北城門通衢閣上，懸之。……」

張獻忠的自然是「流賊」式；孫可望雖然也是流賊出身，但這時已是保明拒清的柱石，封為秦王，後來降了滿洲，還是封為義王，所以他所用的其實是官式。明初，永樂皇帝剝那忠於建文帝的景清[18]的皮，也就是用這方法的。大明一朝，以剝皮始，以剝皮終，可謂始終不變；至今在紹興戲文裡和鄉下人的嘴上，還偶然可以聽到「剝皮揎草」的話，那皇澤之長也就可想而知了。

真也無怪有些慈悲心腸人不願意看野史，聽故事；有些事情，真也不像人世，要令人毛骨悚然，心裡受傷，永不痊癒的。殘酷的事實盡有，最好莫如不聞，這才可以保全性靈，也是「是以君子遠庖廚也」[19]的意思。

比滅亡略早的晚明名家的瀟灑小品在現在的盛行，實在也不能說是無緣無故。不過這一種心地晶瑩的雅致，又必須有一種好境遇，李如月仆地「剖脊」，臉孔向下，原是一個看書的好姿勢[20]，但如果這時給他看袁中郎的《廣莊》[21]，我想他是一定不要看的。這時他的性靈有些兒不對，不懂得真文藝了。

然而，中國的士大夫是到底有點雅氣的，例如李如月說的「株株是文章，節節是忠腸」，就很富於詩趣。臨死做詩的，古今來也不知道有多少。直到近代，譚嗣同[22]在臨刑之前就做一絕「閉門投轄思張儉」，秋瑾[23]女士也有一句「秋雨秋風愁殺人」，然而還雅得不夠格，所以各種詩選裡都不載，也不能賣錢。

三

清朝有滅族，有凌遲，卻沒有剝皮之刑，這是漢人應該慚愧的，但後來膾炙人口的虐政是文字獄。雖說文字獄，其實還含著許多複雜的原因，在這裡不能細說；我們現在還直接受到流毒的，是他刪改了許多古人的著作的字句，禁了許多明清人的書。

《安龍逸史》大約也是一種禁書，我所得的是吳興劉氏嘉業堂[24]的新刻本。他刻的前清禁書還不止這一種，屈大均的又有《翁山文外》；還有蔡顯的《閒漁閒閒錄》[25]，是作者因此「斬立決」，還累及門生的，但我細看了一遍，卻又尋不出什麼忌諱。對於這種刻書家，我是很感激的，因為他傳授給我許多知識——雖然從雅人看來，只是些庸俗不堪的知識。但是到嘉業堂去買書，可真難。

我還記得，今年春天的一個下午，好容易在愛文義路找著了，兩扇大鐵門，叩了幾下，門上開了一個小方洞，裡面有中國門房，中國巡捕，白俄鏢師各一位。巡捕問我來幹什麼的。我說買書。他說賬房出去了，沒有人管，明天再來罷。我告訴他我住得遠，可能給我等一會呢？他說，不成！同時也堵住了那個小方洞。過了兩天，我又去了，改作上午，以為此時賬房也許不至於出去。但這回所得回答卻更其絕望，巡捕曰：「書都沒有了！賣完了！不賣了！」

我就沒有第三次再去買，因為實在回覆的斬釘截鐵。現在所有的幾種，是托朋友去輾轉買來的，好像必須是熟人或走熟的書店，這才買得到。

每種書的末尾，都有嘉業堂主人劉承幹先生的跋文，他對於明季的遺老很有同情，對於清初的文禍也頗不滿。但奇怪的是他自己的文章卻滿是前清遺老的口風；

書是民國刻的，「儀」字還缺著末筆[26]。我想，試看明朝遺老的著作，反抗清朝的主旨，是在異族的入主中夏的，改換朝代，倒還在其次。所以要頂禮明末的遺民，必須接受他的民族思想，這才可以心心相印。現在以明遺老之仇的滿清的遺老自居，卻又引明遺老為同調，只著重在「遺老」兩個字，而毫不問遺於何族，遺在何時，這真可以說是「為遺老而遺老」，和現在文壇上的「為藝術而藝術」，成為一副絕好的對子了。

倘以為這是因為「食古不化」的緣故，那可也並不然。中國的士大夫，該化的時候，就未必決不化。就如上面說過的《蜀龜鑒》，原是一部筆法都仿《春秋》的書，但寫到「聖祖仁皇帝康熙元年春正月」，就有「贊」道：「……明季之亂甚矣！風終《豳》，雅終《召旻》[27]，托亂極思治之隱憂而無其實事，孰若臣祖親見之，臣身親被之乎？是編以元年正月終者，非徒謂體元表正[28]，蔑以加茲；生逢盛世，蕩蕩難名，一以寄沒世不忘之恩，一以見太平之業所由始耳！」

《春秋》上是沒有這種筆法的。滿洲的肅王的一箭，不但射死了張獻忠[29]，也感化了許多讀書人，而且改變了「春秋筆法」[30]了。

四

病中來看這些書，歸根結蒂，也還是令人氣悶。但又開始知道了有些聰明的士大夫，依然會從血泊裡尋出閒適來。例如《蜀碧》，總可以說是夠慘的書了，然而序文後面卻刻著一位樂齋先生的批語道：「古穆有魏晉間人筆意。」

這真是天大的本領！那死似的鎮靜，又將我的氣悶打破了。

我放下書，合了眼睛，躺著想想學這本領的方法，以為這和「君子遠庖廚也」的法子是大兩樣的，因為這時是君子自己也親到了庖廚裡。瞑想的結果，擬定了兩手太極拳。一，是對於世事要「浮光掠影」，隨時忘卻，不甚了然，彷彿有些關心，卻又並不懇切；二，是對於現實要「蔽聰塞明」，麻木冷靜，不受感觸，先由努力，後成自然。第一種的名稱不大好聽，第二種卻也是卻病延年的要訣，連古之儒者也並不諱言的。這都是大道。還有一種輕捷的小道，是：彼此說謊，自欺欺人。

有些事情，換一句話說就不大合式，所以君子憎惡俗人的「道破」。其實，

「君子遠庖廚也」就是自欺欺人的辦法：君子非吃牛肉不可，然而他慈悲，不忍見牛的臨死的觳觫，於是走開，等到燒成牛排，然後慢慢的來咀嚼。牛排是決不會「觳觫」的了，也就和慈悲不再有衝突，於是他心安理得，天趣盎然，剔剔牙齒，摸摸肚子，「萬物皆備於我矣」[31]了。彼此說謊也決不是傷雅的事情，東坡先生在黃州，有客來，就要客談鬼，客說沒有，東坡道：「姑妄言之！」[32]至今還算是一件韻事。

撒一點小謊，可以解無聊，也可以消悶氣；到後來，忘卻了真，相信了謊。也就心安理得，天趣盎然了起來。永樂的硬做皇帝，一部分士大夫是頗以為不大好的。尤其是對於他的慘殺建文的忠臣。和景清一同被殺的還有鐵鉉[33]，景清剝皮，鐵鉉油炸，他的兩個女兒則發付了教坊，叫她們做婊子。這更使士大夫不舒服，但有人說，後來二女獻詩於原問官，被永樂所知，赦出，嫁給士人了[34]。這真是「曲終奏雅」[35]，令人如釋重負，覺得天皇畢竟聖明，好人也終於得救。

她雖然做過官妓，然而究竟是一位能詩的才女，她父親又是大忠臣，為夫的士人，當然也不算辱沒。但是，必須「浮光掠影」到這裡為止，想不得下去。一想，就要想到永樂的上諭[36]，有些是凶殘猥褻，將張獻忠祭梓潼神的「咱老子姓張，你也姓張，咱老子和你聯了宗罷。尚饗！」的名文[37]，和他的比起來，真是高華典雅，配登西洋的上等雜誌，那就會覺得永樂皇帝決不像一位愛才憐弱的明君。況且那時的教坊是怎樣的處所？罪人的妻女在那裡是並非靜候嫖客的，據永樂定法，還要她們「轉營」，這就是每座兵營裡都去幾天，目的是在使她們為多數男性所凌辱，生出「小龜子」和「淫賤材兒」來！所以，現在成了問題的「守節」，在那時，其實是只准「良民」專利的特典。在這樣的治下，這樣的地獄裡，做一首詩就能超生的麼？

我這回從杭世駿的《訂訛類編》[38]（續補卷上）裡，這才確切的知道了這佳話的欺騙。他說：「……考鐵長女詩，乃吳人范昌期《題老妓卷》作也。詩云：『教坊落籍洗鉛華，一片春心對落花。舊曲聽來空有恨，故園歸去卻無家。雲鬟半馨臨青鏡，雨淚頻彈濕绛紗。安得江州司馬在，尊前重為賦琵琶。』昌期，字鳴鳳；詩見張士瀹《國朝文纂》。同時杜瓊用嘉亦有次韻詩，題曰《無題》，則其非鐵氏作明矣。次女詩所謂『春來雨露深如海，嫁得劉郎勝阮郎』，其論尤為不倫。宗正睦木挈論革除事，謂建文流落西南諸詩，皆好事偽作，則鐵女之詩可知。……」

《國朝文纂》[39]我沒有見過，鐵氏次女的詩，杭世駿也並未尋出根底，但我以為他的話是可信的，——雖然他敗壞了口口相傳的韻事。況且一則他也是一個認真的考證學者，二則我覺得凡是得到大殺風景的結果的考證，往往比表面說得好聽，玩得有趣的東西近真。

首先將范昌期的詩嫁給鐵氏長女，聊以自欺欺人的是誰呢？我也不知道。但「浮光掠影」的一看，倒也罷了，一經杭世駿道破，再去看時，就很明白的知道了確是詠老妓之作，那第一句就不像現任官妓的口吻。不過中國的有一些士大夫，總愛無中生有，移花接木的造出故事來，他們不但歌頌昇平，還粉飾黑暗。

關於鐵氏二女的撒謊，尚其小焉者耳，大至胡元殺掠，滿清焚屠之際，也還會有人單單捧出什麼烈女絕命，難婦題壁的詩詞來，這個艷傳，那個步韻，比對於華屋丘墟，生民塗炭之慘的大事情還起勁。到底是刻了一本集，連自己們都附進去，而韻事也就完結了。

我在寫著這些的時候，病是要算已經好了的了，用不著寫遺書。但我想在這裡趁便拜託我的相識的朋友，將來我死掉之後，即使在中國還有追悼的可能，也千萬不要給我開追悼會或者出什麼記念冊。因為這不過是活人的講演或輓聯的鬥法場，為了造語驚人，對仗工穩起見，有些文豪們是簡直不恤於胡說八道的。結果至多也不過印成一本書，即使有誰看了，於我死人，於讀者活人，都無益處，就是對於作者其實也並無益處，輓聯做得好，也不過輓聯做得好而已。

現在的意見，我以為倘有購買那些紙墨白布的閒錢，還不如選幾部明人，清人或今人的野史或筆記來印印，倒是於大家很有益處的。但是要認真，用點工夫，標點不要錯。

十二月十一日。

【注釋】

1 本篇第一節最初發表於一九三五年二月《文學》月刊第四卷第二號，其他三節都被國民黨檢查官刪去，參看本書《附記》。

2 上海開明書店出版的《二十五史》（即原來的《二十四史》加上《新元史》），共精裝九大冊；上海書報合作社出版的《二十六史》（上述的《二十五史》加上《清史稿》），共精裝二十大冊。又上海中華書局印行的《四部備要》（經、史、子、集四部古籍三三六種）原訂二千五百冊，也有精裝本，合訂一百冊。

3 南朝宋劉義慶撰，共三卷。內容是記述東漢至東晉間一般文士名流的言談、風貌、軼事等。

4 阮嗣宗（二一〇—二六三）名籍，字嗣宗，陳留尉氏（今屬河南）人，三國魏詩人，曾為從事中郎。《晉書·阮籍傳》載：「籍聞步兵廚營人善釀，有貯酒三百斛，乃求為步兵校尉。」《三國志·魏書·阮籍傳》注引《魏氏春秋》：「（籍）聞步兵校尉缺，廚多美酒，營人善釀酒，求為校尉。」《世說新語．任誕》也有類此記載。

5 陶淵明（約三七二—四二七）一名潛，字元亮，潯陽柴桑（今江西九江）人，晉代詩人。《晉書．陶潛傳》載：「陶潛……為彭澤令。在縣公田悉令種秫穀，曰：『令吾常醉於酒足矣。』妻子固請種粳，乃使一頃五十畝種秫，五十畝種粳。」按《宋書．隱逸傳》及《南史．隱逸傳》，「一頃五十畝」均作「二頃五十畝」。下文提到的「採菊東籬下」「饑來驅我去」等詩句，分別見於陶潛的《飲酒》、《乞食》兩詩。

6 這原是林語堂說的話，他在《人間世》半月刊第十三期（一九三四年十月五日）《怎樣洗煉白話入文》一文中說：「今日既無人能用一二十字說明大眾語是何物，又無人能寫一二百字模範大眾語，給我們見識見識，只管在雲端吶喊，宜乎其為大眾之謎也」。

7 王夷甫（二五六—三一一）名衍，晉代琅琊臨沂（今屬山東）人。《晉書．王戎傳》：「衍疾郭（按即王衍妻郭氏）之貪鄙，故口未嘗言錢。郭欲試之，令婢以錢繞床，使不得行。衍晨起見錢，謂婢曰：『舉阿堵物卻！』」又說：「衍雖居宰輔之重，不以經國為念，而思自全之計。說東海王越曰：『中國已亂，當賴方伯，宜得文武兼資以任之。』乃以弟澄為荊州，族弟敦為青州。因謂澄、敦曰：『荊州有江、漢之固，青州有負海之險，卿二人在外，而吾留此，足以為三窟矣。』識者鄙之。……衍以太尉為太傅軍司。及越薨，眾共推為元帥。……俄而舉軍為石勒所破，勒呼王公，與之相見……衍自說少不豫事，欲求自免，因勸勒稱尊號。勒怒曰：『君名蓋四海，身居重任，少壯登朝，至於白首，何得言不豫世事邪！破壞天下，正是君罪。』……使人夜排牆填殺之。」

8 參看本書〈門外文談〉一文注33。

9 意即性交。清代袁枚在《答楊笠湖書》中說：「李剛主自負不欺之學，日記云：昨夜與老妻『敦倫』一次。至今傳為笑談。」按李塨（一六五九—一七三三），字剛主，別號恕谷，清代經學家。

10 宋玉曾作有《登徒子好色賦》，後來就稱好色的人為登徒子。按宋玉文中所說的登徒子，是楚國的一個大夫，姓登徒。

11《世說新語．排調》載：「郝隆為桓公（按即桓溫）南蠻參軍，三月三日會，作詩。不能者，罰酒三升。隆初以不能受罰，既飲，攬筆便作一句云：「娵隅躍清池。」桓問：「娵隅是何物？」答曰：「蠻名魚為娵隅。」桓公曰：「作詩何以作蠻語？」隆曰：『千里投公，始得蠻府參軍，那得不作蠻語也？』」

12 清代彭遵泗著，共四卷。內容是記述張獻忠在四川時的事跡，書前有作者在康熙二十一年（一六八二）作的自序，說明全書是他根據幼年所聞張獻忠遺事及雜採他人的記載而成。

13 許欽文的筆名。據一九三四年十二月一日《魯迅日記》：「晚欽文來，並贈《蜀碧》一部二本。」

14 清代劉景伯著，共八卷。內容雜錄明季遺聞，與《蜀碧》大致相似。

15 張獻忠（一六〇六－一六四六）延安柳樹澗（今陝西定邊東）人，明末農民起義領袖。崇禎三年（一六三〇）起義，轉戰陝西、河南等地。崇禎十七年（一六四四）入川，在成都建立大西國。清順治三年（一六四六）出川途中，在川北鹽亭界為清兵所害。舊史書中常有關於他殺人的誇大記載。

16 孫可望（一六三〇－一六六〇）陝西米脂人，張獻忠的養子及部將。張敗死後，他率部從四川轉往貴州、雲南。永曆五年（一六五一）他向南明永曆帝求封為秦王，後遣兵送永曆帝到貴州安隆所（改名為安龍府），自己則駐在貴陽，定朝儀，設官制，最後投降清朝。

17 屈大均（一六三〇－一六九六）字翁山，廣東番禺人，明末文學家，清兵入廣州前後曾參加抗清活動，失敗後一度削髮為僧。著有《翁山文外》、《翁山詩外》、《廣東新語》等。《安龍逸史》，清朝禁毀書籍之一，作者署名滄洲漁隱（據《禁書總目》，又一本署名溪上樵隱），被列入「軍機處奉准全毀書」中。一九一六年吳興劉氏嘉業堂刻本《安龍逸史》，分上下二卷，題屈大均撰；但內容與《殘明紀事》（不署作者，也是軍機處奉准全毀書之一）相同，字句小異。

18 景清，真寧（今甘肅正寧）人，建文帝（朱允炆）時官御史大夫。據《明史·景清傳》載，成祖（朱棣）登位，他佯為歸順，後以謀刺成祖，磔死。他被剝皮事，見谷應泰《明史紀事本末·壬午殉難》：「八月望日早朝，清緋衣入。……朝畢，出御門，清奮躍而前，將犯駕。文皇急命左右收之，得所佩劍。清知志不得遂，乃起植立嫚罵。抉其齒，且抉且罵，含血直噀御袍。乃命剝其皮，草櫝之，械繫長安門。」

19 語見《孟子·梁惠王》。

20 《論語》第二十八期（一九三三年十一月一日）載有黃嘉音作的一組畫，題為《介紹幾個讀論語的好姿勢》，共六圖，其中之一為「游蛟伏地式」，畫的是一人伏在地上看書。作者在這裡順筆給以諷刺。

21 袁中郎（一五六八—一六一〇）名宏道，字中郎，湖廣公安（今屬湖北）人，明代文學家。他與兄宗道，弟中道，反對文學上的擬古主義，主張「獨抒性靈，不拘格套」，世稱「公安派」。當時林語堂、周作人等提倡「公安派」文章，借明人小品以宣揚所謂「閒適」、「性靈」。《廣莊》是袁中郎仿《莊子》文體談道家思想的作品，並七篇，後收入《袁中郎全集》。

22 譚嗣同（一八六五—一八九八）字復生，湖南瀏陽人，清末維新運動的重要人物，戊戌政變中犧牲的「六君子」之一。「閉門投轄思張儉」，原作「望門投止思張儉」，是他被害前所作七絕《獄中題壁》的第一句。

張儉，後漢山陽高平（今山東鄒縣）人，靈帝時官東部督郵。《後漢書·黨錮列傳》載：他的仇家「上書告儉與同郡二十四人為黨，於是刊章討捕。儉得亡命，困迫遁走，望門投止，莫不重其名行，破家相容。」（「閉門投轄」是漢代陳遵好客的故事，見《漢書·遊俠列傳》。）

23 秋瑾（一八七五—一九〇七）字璿卿，號競雄，別署鑑湖女俠，浙江紹興人，反清革命團體光復會主要人物之一。一九〇七年七月，她因籌劃起義事洩，被清政府逮捕，十五日（夏曆六月初六）被害於紹興城內軒亭口。陳去病在《鑑湖女俠秋瑾傳》中敘述秋瑾受審時的情形說：「有見之者，謂初終無所供，惟於刑庭書『秋雨秋風愁殺人』句而已。」

24 我國著名的私人藏書樓，在浙江吳興南潯鎮，藏書達六十萬卷，並自行雕版印書，刻有《嘉業堂叢書》、《求恕齋叢書》等。創辦人劉承幹（一八八一—一九六三），字貞一，號翰怡，浙江吳興人。

25 蔡顯（約一六九七—一七六七）字笠夫，江蘇華亭（今上海松江）人。《清代文字獄檔》第二輯收有「蔡顯《閒漁閒閒錄》案」，此案發生於乾隆三十二年（一七六七），據當時的奏摺稱：蔡顯係雍正時舉人，年七十一歲，自號閒漁；所著《閒閒錄》一書，語含誹謗，意多悖逆。後來的結果是蔡顯被「斬決」，他的兒子「斬監候秋後處決」，門人等分別「杖流」及「發伊犁等處充當苦差」。

《閒漁閒閒錄》，九卷，是一部雜錄朝典、時事、詩句的雜記，劉氏嘉業堂刻本於一九一五年印行。

26 從唐代開始的一種避諱方法，即在書寫或鐫刻本朝皇帝或尊長的名字時省略最末一筆。劉承幹對「儀」字缺末筆，是避清廢帝溥儀的諱。

27 《詩經》計分「國風」、「小雅」、「大雅」、「頌」四類。《豳》列於「國風」的最後，共七篇。據《詩序》稱：這些都是關於周公「遭變故」、「救亂」、「東征」的詩。《召旻》是「大雅」的最後一篇，據《詩序》稱：「《召旻》，凡伯（周大夫）刺幽王大壞也。」

28 「體元」，見《春秋》隱西元年：「元年，春，王正月。」晉代杜預注：「凡人君即位，欲其體元以居正，故不言一年一月也。」據唐代孔穎達疏：「元正實是始長之義，但因名以廣之。元者：氣之本也，善之長也；人君執大本，長庶物，欲其與元同體，故年稱元年。」

「表正」，見《書經．仲虺之誥》：「表正萬邦。」漢代孔安國注：「儀表天下，法正萬國。」

29 關於張獻忠之死，史書上的說法不一。據《明史．張獻忠傳》載：清順治三年（一六四六）清肅親王豪格進兵四川，「獻忠盡焚成都宮殿廬舍，夷其城，率眾出川北，……會我大清兵至漢中，……至鹽亭界，大霧。獻忠曉行，猝遇我兵於鳳凰坡，中矢墜馬，蒲伏積薪下。於是我兵擒獻忠出，斬之。」但《明史紀事本末·張獻忠之亂》說他是「以病死於蜀中」。

30《春秋》是春秋時期魯國的編年史，相傳為孔丘所修。過去的經學家認為它每用一字，都隱含「褒」「貶」的「微言大義」，稱為「春秋筆法」。

31孟軻的話。語見《孟子·盡心》。

32蘇軾（一〇三七—一一〇一），字子瞻，號東坡居士，眉山（今屬四川）人，宋代文學家。神宗初年曾因反對王安石新法，被貶黃州。他要客談鬼的事，見宋代葉夢得《石林避暑錄話》卷一：「子瞻在黃州及嶺表，每旦起，不招客相與語，則必出而訪客。所與遊者亦不盡擇，各隨其人高下，談諧放蕩，不復為畛畦。有不能談者，則強之使說鬼，或辭無有，則曰『姑妄言之』，於是聞者無不絕倒，皆盡歡而去。」

33鐵鉉（一三六六—一四〇二）字鼎石，河南鄧州（今鄧縣）人。明建文帝時任山東參政，燕王朱棣（即後來的永樂帝）起兵奪位，他在濟南屢破燕王兵，升兵部尚書。燕王登位後被處死。據谷應泰《明史紀事本末·壬午殉難》載：「鐵鉉被執至京陛見，背立庭中，正言不屈，令一顧不可得。割其耳鼻，竟不肯顧……遂寸磔之，至死，猶喃喃罵不絕。文皇（永樂）乃令舁大鑊至，納油數斛，熬之，投鉉屍，頃刻成煤炭。」

34關於鐵鉉兩個女兒入教坊的事，據明代王鏊的《震澤紀聞》載：「鉉有二女，入教坊數月，終不受辱。有鉉同官至，二女為詩以獻。文皇曰：『彼終不屈乎？』乃赦出之，皆適士人。」教坊，唐代開始設立的掌管教練女樂的機構。後來封建統治者常把罪犯的妻女罰入教坊，實際上是一種官妓。

35語見《漢書·司馬相如傳》：「揚雄以為靡麗之賦勸百而諷一，猶騁鄭衛之聲，曲終而奏雅，不已戲乎？」

36參看本書〈病後雜談之餘〉第一節。

37 張獻忠祭梓潼神文見於《蜀碧》卷三和《蜀龜鑒》卷三，原文如下：「咱老子姓張，你也姓張，為甚嚇咱老子？咱與你聯了宗罷。尚享。」（兩書中個別字稍有不同）梓潼神，據《明史·禮志四》，梓潼帝君姓張名亞子，晉時人。

38 杭世駿（一六九六—一七七三）字大宗，浙江仁和（今餘杭）人，清代考據家。乾隆時官御史。著有《訂訛類編》、《道古堂詩文集》等。《訂訛類編》，六卷，又《續補》二卷，是一部考訂古籍真偽異同的書。下面的引文是杭世駿照錄錢謙益《列朝詩集》閏集卷四中的話。據《列朝詩集》：「其論」作「其語」，「好事」作「好事者」。

39 明代詩文的匯編。據《明史·藝文志》「集類」三「總集類」載：「王棟《國朝文纂》四十卷」，又「張士瀹《明文纂》五十卷」。

病後雜談之餘[1]
——關於「舒憤懣」

一

我常說明朝永樂皇帝的凶殘，遠在張獻忠之上，是受了宋端儀的《立齋閒錄》[2]的影響的。那時我還是滿洲治下的一個拖著辮子的十四五歲的少年，但已經看過記載張獻忠怎樣屠殺蜀人的《蜀碧》，痛恨著這「流賊」的凶殘。後來又偶然在破書堆裡發見了一本不全的《立齋閒錄》，還是明抄本，我就在那書上看見了永樂的上諭，於是我的憎恨就移到永樂身上去了。

那時我毫無什麼歷史知識，這憎恨轉移的原因是極簡單的，只以為流賊尚可，皇帝卻不該，還是「禮不下庶人」[3]的傳統思想。至於《立齋閒錄》，好像是一部少見的書，作者是明人，而明朝已有抄本，那刻本之少就可想。記得《匯刻書目》[4]說是在明代的一部什麼叢書中，但這叢書我至今沒有見；清《四庫全書總目提要》將它放在「存目」裡，那麼，《四庫全書》裡也是沒有的，我家並不是藏書家，我真不解怎麼會有這明抄本。

這書我一直保存著，直到十多年前，因為肚子餓得慌了，才和別的兩本明抄和一部明刻的《宮闈秘典》[5]去賣給以藏書家和學者出名的傅某[6]，他使我跑了三四趟之後，才說一總給我八塊錢，我賭氣不賣，抱回來了，又藏在北平的寓裡；但久已沒有人照管，不知道現在究竟怎樣了。

那一本書，還是四十年前看的，對於永樂的憎恨雖然還在，書的內容卻早已模模胡胡，所以在前幾天寫《病後雜談》時，舉不出一句永樂上諭的實例。我也很想看一看《永樂實錄》[7]，但在上海又如何能夠；來青閣有殘本在寄售，十本，實價卻是一百六十元，也決不是我輩書架上的書。

又是一個偶然：昨天在《安徽叢書》[8]第三集中看見了清俞正燮（一七七五—一八四〇）《癸巳類稿》[9]的改定本，那《除樂戶丐戶籍及女樂考附古事》裡，卻引有永樂皇帝的上諭，是根據王世貞《合竍州史料》[10]中的《南京法司所記》的，雖然不多，又未必是精粹，但也足夠「略見一斑」，和獻忠流賊的作品相比較了。摘錄於下——

「永樂十一年正月十一日，教坊司於右順門口奏：齊泰[11]姊及外甥媳婦，又黃子澄妹四個婦人，每一日一夜，二十餘條漢子看守著，年少的都有身孕，除生子令做小龜子，又有三歲女子，奏請聖旨。奉欽依：由他。不的到長大便是個淫賤材兒？」

「鐵鉉妻楊氏年三十五，送教坊司；茅大芳妻張氏年五十六，送教坊司。張氏病故，教坊司安政於奉天門奏。奉聖旨：分付上元縣抬出門去，著狗吃了！欽此！」

君臣之間的問答，竟是這等口吻，不見舊記，恐怕是萬想不到的罷。但其實，這也僅僅是一時的一例。自有歷史以來，中國人是一向被同族和異族屠戮，奴隸，敲掠，刑辱，壓迫下來的，非人類所能忍受的楚毒，也都身受過，每一考查，真教人覺得不像活在人間。俞正燮看過野史，正是一個因此覺得義憤填膺的人，所以他在記載清朝的解放惰民丐戶，罷教坊，停女樂[12]的故事之後，作一結語道——

「自三代至明，惟宇文周武帝，唐高祖，後晉高祖，金，元，及明景帝，於法寬假之，而尚存其舊。余皆視為固然。本朝盡去其籍，而天地為之廓清矣。漢儒歌頌朝廷功德，自云『舒憤懣』[13]，除樂戶之事，誠可云舒憤懣者：故列古語瑣事之實，有關因革者如此。」

這一段結語，有兩事使我吃驚。第一事，是寬假奴隸的皇帝中，漢人居很少數。但我疑心俞正燮還是考之未詳，例如金元，是並非厚待奴隸的，只因那時連中國的蓄奴的主人也成了奴隸，從征服者看來，並無高下，即所謂「一視同仁」，於是就好像對於先前的奴隸加以寬假了。

第二事，就是這自有歷史以來的虐政，竟必待滿洲的清才來廓清，使考史的儒生，為之拍案稱快，自比於漢儒的「舒憤懣」——就是明末清初的才子們之所謂「不亦快哉！」[14]然而解放樂戶卻是真的，但又並未「廓清」，例如紹興的惰民，直到民國革命之初，他們還是不與良民通婚，去給大戶服役，不過已有報酬，這一點，恐怕是和解放之前大不相同的了。革命之後，我久不回到紹興去了，不知道他們怎樣，推想起來，大約和三十年前是不會有什麼兩樣的。

二

但俞正燮的歌頌清朝功德，卻不能不說是當然的事。他生於乾隆四十年，到他壯年以至晚年的時候，文字獄的血跡已經消失，滿洲人的兇焰已經緩和，愚民政策早已集了大成，剩下的就只有「功德」了。那時的禁書，我想他都未必看見。現在不說別的，單看雍正乾隆兩朝的對於中國人著作的手段，就足夠令人驚心動魄。全毀，抽毀，剜去之類也且不說，最陰險的是刪改了古書的內容。

乾隆朝的纂修《四庫全書》，是許多人頌為一代之盛業的，但他們卻不但搗亂了古書的格式，還修改了古人的文章；不但藏之內廷，還頒之文風較盛之處，使天下士子閱讀，永不會覺得我們中國的作者裡面，也曾經有過很有些骨氣的人。（這兩句，奉官命改為「永遠看不出底細來。」）

嘉慶道光以來，珍重宋元版本的風氣逐漸旺盛，也沒有悟出乾隆皇帝的「聖處」，影宋元本或校宋元本的書籍很有些出版了，這就使那時的陰謀露了馬腳。最初啟示了我的是《琳琅秘室叢書》裡的兩部《茅亭客話》[15]，一是校宋本，一是四庫本，同是一種書，而兩本的文章卻常有不同，而且一定是關於「華夷」的處所。這一定是四庫本刪改了的；現在連影宋本的《茅亭客話》也已出版，更足據為鐵證，不過倘不和四庫本對讀，也無從知道那時的陰謀。《琳琅秘室叢書》我是在圖書館裡看的，自己沒有，現在去買起來又嫌太貴，因此也舉不出實例來。但還有比較容易的法子在。

新近陸續出版的《四部叢刊續編》[16]自然應該說是一部新的古董書，但其中卻保存著滿清暗殺中國著作的案卷。例如宋洪邁的《容齋隨筆》至《五筆》[17]是影宋刊本和明活字本，據張元濟[18]跋，其中有三條就為清代刻本中所沒有。所刪的是怎樣內容的文章呢？為惜紙墨計，現在只摘錄一條《容齋三筆》卷三裡的《北狄俘虜之苦》在這裡——

「元魏破江陵，盡以所俘士民為奴，無分貴賤，蓋北方夷俗皆然也。自靖康之後，陷於金虜者，帝子王孫，官門仕族之家，盡沒為奴婢，使供作務。

每人一月支稗子五斗，令自舂為米，得一斗八升，用為餱糧；歲支麻五把，令緝為裘。此外更無一錢一帛之入。男子不能緝者，則終歲裸體。虜或哀之，則使執爨，雖時負火得暖氣，然才出外取柴歸，再坐火邊，皮肉即脫落，不日輒死。惟喜有手藝，如醫人繡工之類，尋常只團坐地上，以敗席或蘆藉襯之，遇客至開筵，引能樂者使奏技，酒闌客散，各復其初，依舊環坐刺繡：任其生死，視如草芥。……」

清朝不惟自掩其凶殘，還要替金人來掩飾他們的凶殘。據此一條，可見俞正燮入金朝於仁君之列，是不確的了，他們不過是一掃宋朝的主奴之分，一律都作為奴隸，而自己則是主子。但是，這校勘，是用清朝的書坊刻本的，不知道四庫本是否也如此。

要更確鑿，還有一部也是《四部叢刊續編》裡的影舊抄本宋晁說之《嵩山文集》[19]在這裡，卷末就有單將《負薪對》一篇和四庫本相對比，以見一斑的實證，現在摘錄幾條在下面，大抵非刪則改，語意全非，彷彿宋臣晁說之，已在對金人戰栗，囁嚅不吐，深怕得罪似的了——

舊抄本

金賊以我疆場之臣無狀，
　斥堠不明，遂豕突河北，
　蛇結河東。
犯孔子春秋之大禁，
以百騎卻虜梟將，
彼金賊雖非人類，而犬豕
　亦有掉瓦怖恐之號，顧
　弗之懼哉！
我取而殲焉可也。
太宗時，女真困於契丹之
　三柵，控告乞援，亦卑
恭甚矣。不謂敢背睨中
　國之地於今日也。
忍棄上皇之子於胡虜乎？

四庫本

金人擾我疆場之地，邊城
　斥堠不明，遂長驅河北，
　盤結河東。
為上下臣民之大恥，
以百騎卻遼梟將，
彼金人雖甚強盛，而赫然
　示之以威令之森嚴，顧
　弗之懼哉！
我因而取之可也。
太宗時，女真困於契丹之
　三柵，控告乞援，亦和
好甚矣。不謂竟釀患滋
　禍一至於今日也。
忍棄上皇之子於異地乎？

何則：夷狄喜相吞併鬥爭，是其犬羊狺吠咋囓之性也。唯其富者最先亡。古今夷狄族帳，大小見於史冊者百十，今其存者一二，皆以其財富而自底滅亡者也。今此小丑不指日而滅亡，是無天道也。

褫中國之衣冠，復夷狄之態度。

取故相家孫女姊妹，縛馬上而去，執侍帳中，遠近膽落，不暇寒心。

（無）

遂其報復之心，肆其淩侮之意。

故相家皆攜老襁幼，棄其籍而去，焚掠之餘，遠近膽落，不暇寒心。

即此數條，已可見「賊」「虜」「犬羊」是諱的；說金人的淫掠是諱的；「夷狄」當然要諱，但也不許看見「中國」兩個字，因為這是和「夷狄」對立的字眼，很容易引起種族思想來的。但是，這《嵩山文集》的抄者不自改，讀者不自改，尚存舊文，使我們至今能夠看見晁氏的真面目，在現在說起來，也可以算是令人大「舒憤懣」的了。

清朝的考據家有人說過，「明人好刻古書而古書亡」[20]，因為他們妄行校改。我以為這之後，則清人纂修《四庫全書》而古書亡，因為他們變亂舊式，刪改原文；今人標點古書而古書亡，因為他們亂點一通，佛頭著糞：這是古書的水火兵蟲以外的三大厄。

三

對於清朝的憤懣的從新發作，大約始於光緒中，但在文學界上，我沒有查過以誰為「禍首」。太炎先生是以文章排滿的驍將著名的，然而在他那《訄書》[21]的未改訂本中，還承認滿人可以主中國，稱為「客帝」，比於嬴秦的「客卿」[22]。但是，總之，到光緒末年，翻印的不利於清朝的古書，可是陸續出現了；太炎先生也自己改正了「客帝」說，在再版的《訄書》裡，「刪而存此篇」；後來這書又改名為《檢論》，我卻不知道是否還是這辦法。

留學日本的學生們中的有些人，也在圖書館裡搜尋可以鼓吹革命的明末清初的文獻。那時印成一大本的有《漢聲》，是《湖北學生界》[23]的增刊，面子上題著四句集《文選》句：「抒懷舊之積念，發思古之幽情」，第三句想不起來了，第四句是「振大漢之天聲」。無古無今，這種文獻，倒是總要在外國的圖書館裡抄得的。

我生長在偏僻之區，毫不知道什麼是滿漢，只在飯店的招牌上看見過「滿漢酒席」字樣，也從不引起什麼疑問來。聽人講「本朝」的故事是常有的，文字獄的事情卻一向沒有聽到過，乾隆皇帝南巡[24]的盛事也很少有人講述了，最多的是「打長毛」。

我家裡有一個年老的女工，她說長毛時候，她已經十多歲，長毛故事要算她對我講得最多，但她並無邪正之分，只說最可怕的東西有三種，一種自然是「長毛」，一種是「短毛」，還有一種是「花綠頭」[25]。到得後來，我才明白後兩種其實是官兵，但在愚民的經驗上，是和長毛並無區別的。

給我指明長毛之可惡的倒是幾位讀書人；我家裡有幾部縣志，偶然翻開來看，那時殉難的烈士烈女的名冊就有一兩卷，同族裡的人也有幾個被殺掉的，後來封了「世襲雲騎尉」[26]，我於是確切的認定了長毛之可惡。

然而，真所謂「心事如波濤」[27]罷，久而久之，由於自己的閱歷，證以女工的講述，我竟決不定那些烈士烈女的兇手，究竟是長毛呢，還是「短毛」和「花綠頭」了。我真很羨慕「四十而不惑」[28]的聖人的幸福。

對我最初提醒了滿漢的界限的不是書，是辮子。這辮子，是砍了我們古人的許多頭，這才種定了的[29]，到得我有知識的時候，大家早忘卻了血史，反以為全留乃是長毛，全剃好像和尚，必須剃一點，留一點，才可以算是一個正經人了。而且還要從辮子上玩出花樣來：小丑挽一個結，插上一朵紙花打諢；開口跳[30]將小辮子掛在鐵桿上，慢慢的吸煙獻本領；變把戲的不必動手，只消將頭一搖，劈拍一聲，辮子便自會跳起來盤在頭頂上，他於是耍起關王刀來了。而且還切於實用：打架的時候可以拔住，掙脫極難；捉人的時候可以拉著，省得繩索，要是被捉的人多呢，只要捏住辮梢頭，一個人就可以牽一大串。吳友如畫的《申江勝景圖》[31]裡，有一幅會審公堂，就有一個巡捕拉著犯人的辮子的形象，但是，這是已經算作「勝景」了。

住在偏僻之區還好，一到上海，可就不免有時會聽到一句洋話：Pig-tail——豬尾巴。這一句話，現在是早不聽見了，那意思，似乎也不過說人頭上生著豬尾巴，和今日之上海，中國人自己一鬥嘴，便彼此互罵為「豬玀」的，還要客氣得遠。不過那時的青年，好像涵養工夫沒有現在的深，也還未懂得「幽默」，所以聽起來實在覺得刺耳。

而且對於擁有二百餘年歷史的辮子的模樣，也漸漸的覺得並不雅觀，既不全留，又不全剃，剃去一圈，留下一撮，又打起來拖在背後，真好像做著好給別人來拔著牽著的柄子。對於它終於懷了惡感，我看也正是人情之常，不必指為拿了什麼地方的東西，迷了什麼斯基的理論的[32]。（這兩句，奉官諭改為「不足怪的」。）

我的辮子留在日本，一半送給客店裡的一位使女做了假髮，一半給了理髮匠，人是在宣統初年回到故鄉來了。一到上海，首先得裝假辮子。這時上海有一個專裝假辮子的專家，定價每條大洋四元，不折不扣，他的大名，大約那時的留學生都知道。做也真做得巧妙，只要別人不留心，是很可以不出岔子的，但如果人知道你原是留學生，留心研究起來，那就漏洞百出。夏天不能戴帽，也不大行；人堆裡要防擠掉或擠歪，也不行。裝了一個多月，我想，如果在路上掉了下來或者被人拉下來，不是比原沒有辮子更不好看麼？索性不裝了，賢人說過的：一個人做人要真實。

但這真實的代價真也不便宜，走出去時，在路上所受的待遇完全和先前兩樣了。我從前是只以為訪友作客，才有待遇的，這時才明白路上也一樣的一路有待遇。最好的是呆看，但大抵是冷笑，惡罵。小則說是偷了人家的女人，因為那時捉住姦夫，總是首先剪去他辮子的，我至今還不明白為什麼；大則指為「裡通外國」，就是現在之所謂「漢奸」。我想，如果一個沒有鼻子的人在街上走，他還未必至於這麼受苦，假使沒有了影子，那麼，他恐怕也要這樣的受社會的責罰了。

我回中國的第一年在杭州做教員，還可以穿了洋服算是洋鬼子；第二年回到故鄉紹興中學去做學監，卻連洋服也不行了，因為有許多人是認識我的，所以不管如何裝束，總不失為「裡通外國」的人，於是我所受的無辮之災，以在故鄉為第一。尤其應該小心的是滿洲人的紹興知府的眼睛，他每到學校來，總喜歡注視我的短頭髮，和我多說話。

學生們裡面，忽然起了剪辮風潮了，很有許多人要剪掉。我連忙禁止。他們就舉出代表來詰問道：究竟有辮子好呢，還是沒有辮子好呢？我的不假思索的答覆是：沒有辮子好，然而我勸你們不要剪。學生是向來沒有一個說我「裡通外國」的，但從這時起，卻給了我一個「言行不一致」的結語，看不起了。「言行一致」，當然是很有價值的，現在之所謂文學家裡，也還有人以這一點自豪[33]，但他們卻不知道他們一剪辮子，價值就會集中在腦袋上。軒亭口離紹興中學並不遠，就是秋瑾小姐就義之處，他們常走，然而忘卻了。

「不亦快哉！」——到了一千九百十一年的雙十，後來紹興也掛起白旗來，算是革命了，我覺得革命給我的好處，最大，最不能忘的是我從此可以昂頭露頂，慢慢的在街上走，再不聽到什麼嘲罵。幾個也是沒有辮子的老朋友從鄉下來，一見面就摩著自己的光頭，從心底裡笑了出來道：哈哈，終於也有了這一天了。

假如有人要我頌革命功德，以「舒憤懣」，那麼，我首先要說的就是剪辮子。

四

然而辮子還有一場小風波，那就是張勳[34]的「復辟」，一不小心，辮子是又可以種起來的，我曾見他的辮子兵在北京城外布防，對於沒辮子的人們真是氣焰萬丈。幸而不幾天就失敗了，使我們至今還可以剪短，分開，披落，燙捲……張勳的姓名已經暗淡，「復辟」的事件也逐漸遺忘，我曾在《風波》裡提到它，別的作品上卻似乎沒有見，可見早就不受人注意。現在是，連辮子也日見稀少，將與周鼎商彝同列，漸有賣給外國人的資格了。

我也愛看繪畫，尤其是人物。國畫呢，方巾長袍，或短褐椎結，從沒有見過一條我所記得的辮子；洋畫呢，歪臉漢子，肥腿女人，也從沒有見過一條我所記得的辮子。這回見了幾幅鋼筆畫和木刻的阿Q像，這才算遇到了在藝術上的辮子，然而是沒有一條生得合式的。想起來也難怪，現在的二十歲上下的青年，他生下來已是民國，就是三十歲的，在辮子時代也不過四五歲，當然不會深知道辮子的底細的了。那麼，我的「舒憤懣」，恐怕也很難傳給別人，令人一樣的憤激，感慨，歡喜，憂愁的罷。

十二月十七日。

一星期前，我在《病後雜談》裡說到鐵氏二女的詩。據杭世駿說，錢謙益編的

《列朝詩集》[35]裡是有的，但我沒有這書，所以只引了《訂訛類編》完事。今天《四部叢刊續編》的明遺民彭孫貽《茗齋集》[36]出版了，後附《明詩鈔》，卻有鐵氏長女詩在裡面。現在就照抄在這裡，並將范昌期原作，與所謂鐵女詩不同之處，用括弧附注在下面，以便比較。照此看來，作偽者實不過改了一句，並每句各改易一二字而已——

教坊獻詩

教坊脂粉（落籍）洗鉛華，一片閒（春）心對落花。舊曲聽來猶（空）有恨，故園歸去已（卻）無家。雲鬟半挽（馨）臨妝（青）鏡，雨淚空流（頻彈）濕絳紗。今日相逢白司馬（安得江州司馬在），尊前重與訴（為賦）琵琶。

但俞正燮《癸巳類稿》又據茅大芳希董集》，言「鐵公妻女以死殉」[37]；並記或一說云，「鐵二子，無女。」那麼，連鐵鉉有無女兒，也都成為疑案了。兩個近視眼論扁額上字，辯論一通，其實連扁額也沒有掛，原也是能有的事實。不過鐵妻死殉之說，我以為是粉飾的。《合艸州史料》所記，奏文與上諭具存，王世貞明人，決不敢揑造。

倘使鐵鉉真的並無女兒，或有而實已自殺，則由這虛構的故事，也可以窺見社會心理之一斑。就是：在受難者家族中，無女不如其有之有趣，自殺又不如其落教坊之有趣；但鐵鉉究竟是忠臣，使其女永淪教坊，終覺於心不安，所以還是和尋常女子不同，因獻詩而配了士子。這和小生落難，下獄挨打，到底中了狀元的公式，完全是一致的。

二十三日之夜，附記。

【注釋】

1 本篇最初發表於一九三五年三月《文學》月刊第四卷第三號，發表時題目被改為《病後餘談》，副題亦被刪去。參看本書《附記》。

2 宋端儀字孔時，福建莆田人，明成化時進士，官至廣東提學僉事。著有《考亭淵源錄》、《立齋閒錄》等。《立齋閒錄》，四卷，是依據明人的碑誌和說部雜錄的筆記，自太祖吳元年至英宗天順（一三六七—一四六四）止。魯迅家藏的是明抄《國朝典故》本，殘存上二卷。

3 語見《禮記・曲禮》。

4 清代王懿榮編，共二十卷，係將顧修原編本及朱谿增訂本重編而成，是各種叢書的詳細書目，共收叢書五百六十餘種。後來又有《續匯刻書目》、《續補匯刻書目》、《再續補匯刻書目》等。

5 《宮闈秘典》即《皇明宮闈秘典》，又名《酌中志》，明代劉若愚著，共二十四卷，寫明末太監魏忠賢專權時的宮廷內幕情況。

6 指傅增湘（一八七二—一九四九），字沅叔，四川江安人，藏書家。曾任北洋政府教育總長。著有《藏園群書題記》等。

7 明代楊士奇等編纂，共一三〇卷；《明史．藝文志》作《成祖實錄》。

8 安徽叢書編審會編輯，共四集，內容為匯集安徽人的著作，一九三二年至一九三五年間陸續出版。

9 俞正燮，字理初，安徽黟縣人，清代學者。著有《癸巳類稿》、《癸巳存稿》、《四養齋詩稿》等。《癸巳類稿》，共十五卷，刻於道光癸巳（一八三三），內容是考訂經、史以至小說、醫學的雜記，《除樂戶丐戶籍及女樂考附古事》一文載《癸巳類稿》卷十二中。收入《安徽叢書》的這一部書是作者晚年的增訂本。

10 王世貞（一五二六—一五九〇）字元美，號鳳洲，別號弇州山人，太倉（今屬江蘇）人，明代文學家。官至南京刑部尚書。著有《弇州山人四部稿》、《弇山堂別集》等。《弇州史料》，明代董復表編，係採錄王世貞著作中有關朝野的記載編纂而成，計前集三十卷，後集七十卷。

11 齊泰，江蘇溧水人，官兵部尚書；下文的黃子澄，江西分宜人，官太常卿；茅大芳，江蘇泰興人，官副都御史。他們都是忠於建文帝的大臣，永樂登位時被殺。

12 惰民又作墮民，明代稱，作丐戶，清雍正元年（一七二三）始廢除惰民的「丐籍」。教坊廢於清雍正七年（一七二九）。女樂廢於清順治十六年（一六五九）。

13 漢代班固作有《典引》一文，歌頌朝廷功德，文前小引中說：「竊作《典引》一篇，雖不足雍容明盛萬分之一，猶啟發憤滿，覺悟童蒙，光揚大漢，軼聲前代；然後退入溝壑，死而不朽。」「舒憤懣」，即班固所說的「啟發憤滿」。

14 金聖歎在他批評的《西廂記》的《聖歎外書》卷七《拷艷》章篇首中說：「昔與亞斤山同客共住，霖雨十日，對床無聊，因約賭說快事，以破積悶。」下面就記錄了「快事」三十三則，每則都用「不亦快哉」一語結束。

15 清代胡珽校刊。共五集，計三十六種，所收主要是掌故、說部、釋道方面的書。《茅亭客話》，宋代黃休復著，共十卷，內容係記錄從五代到宋真宗時（約當西元十世紀）的蜀中雜事。

16 商務印書館編選影印的叢書《四部叢刊》的續編，共八十一種，五百冊。

17 洪邁（一一二三—一二〇二）字景盧，鄱陽（今江西波陽）人，宋代文學家。《容齋隨筆》、《續筆》、《三筆》、《四筆》各十六卷，又《五筆》十卷，是一部有關經史、文藝、掌故等的筆記。

18 張元濟（一八六七—一九五九）字菊生，浙江海鹽人，上海商務印書館編譯所所長。著有《校史隨筆》、《涉園序跋集錄》等。《容齋隨筆五集》有張元濟寫於一九三四年的跋，其中說：「清代坊刻，《隨筆》卷九闕《五胡亂華》一則，《三筆》卷三闕《北狄俘虜之苦》一則，卷五闕《北虜誅宗王》一則。蓋當時深諱胡、虜等字，刊者懼罹禁網，故概從刪削。」

19 晁說之（一〇五九—一一二九）字以道，號景迂，清豐（今屬河北）人，宋代文學家。著有《嵩山文集》、《晁氏客語》等。《嵩山文集》，二十卷，是他的詩文集，《負薪對》載於卷三中。

20 「明人好刻古書而古書亡」清代陸心源《儀顧堂題跋》卷一《六經雅言圖辨跋》中，對明人妄改亂刻古書，說過這樣的話：「明人書帕本，大抵如是，所謂刻書而書亡者也。」

21 章太炎早期的一部學術論著，木刻本印行於一八九九年。一九〇二年改訂出版時，作者刪去了帶有改良主義色彩的《客帝》等篇，增加了宣傳反清革命的論文，共收《原學》、《原人》、《序種姓》、《原教》、《哀清史》、《解辮髮》等文共六十三篇，卷首有「前錄」二篇：《客帝匡謬》

和《分鎮匡謬》。並在《客帝匡謬》文末說：「余自戊己違難，與尊清者遊，而作《客帝》，飾苟且之心，棄本崇教，其違於形勢遠矣……著之以自劾，錄而刪是篇。」一九一四年作者重行增刪時，刪去「前錄」二篇及《解辮髮》等文，並將書名改為《檢論》。

22 戰國時代，某一諸侯國任用他國人擔任官職，稱之為客卿。如秦始皇的丞相李斯是楚國人。

23 清末留學日本的湖北學生主辦的一種月刊，一九〇三年（清光緒二十九年）一月創刊於東京，第四期起改名為《漢聲》。同年閏五月另編「閏月增刊」一冊，題名為《舊學》，扉頁背面印有集南朝梁蕭統《文選》句：「攄懷舊之蓄念，發思古之幽情；光祖宗之玄靈，振大漢之天聲」四句，前二句見《文選》卷一東漢班固《西都賦》，後二句見同書卷五十六班固《封燕然山銘》。

24 乾隆皇帝南巡清代乾隆帝在位六十年（一七三六—一七九五），曾先後巡遊江南六次，沿途供應頻繁，銷耗民財民力甚巨；在他第二次巡遊後，視學江蘇回來的大臣尹會一就已奏稱：「上兩次南巡，民間疾苦，怨聲載道。」

25 指太平天國起義的軍隊。為了對抗清政府剃髮留辮的法令，他們都留髮而不結辮，因此被稱為「長毛」。「短毛」，指剃髮的清朝官兵。「花綠頭」，指幫助清政府鎮壓太平天國的法、英帝國主義軍隊。清代許瑤光《談浙》卷四「談洋兵」條：「法國兵用花布纏頭，英國兵則用綠布，故人稱綠頭、花頭云。」

26 雲騎尉是官名。唐、宋、元、明各朝都有這名稱；清朝則以為世襲的職位，為世職的末級。凡陣亡者授爵，自雲騎尉至輕車都尉兼一雲騎尉不等。

27 唐代詩人李賀《申鬍子觱篥歌》中的句子。

28 孔丘的話，語見《論語．為政》，據朱熹《集注》，「不惑」是「於事物之所當然皆無所疑」的意思。

29 滿族舊俗，男子剃髮垂辮（剃去頭頂前部頭髮，後部結辮垂於腦後）。一六四四年（明崇禎十七年、清順治元年）清兵入關及定都北京後，即下令剃髮垂辮，因受到各地人民反對及局勢未定而中止。次年五月攻佔南京後，又下了嚴厲的剃髮令，限於布告之後十日「盡使薙（剃）髮，遵依者為我國之民，遲疑者同逆命之寇」，如「已定地方之人民，仍存明制，不隨本朝之制度者，殺無赦！」此事曾引起各地人民的廣泛反抗，有許多人被殺。

30 傳統戲曲中武丑的俗稱。

31 吳友如（一八四〇－約一八九三）名猷，又作嘉猷，字友如，江蘇元和（今吳縣）人，清末畫家。《申江勝景圖》分上下二卷，出版於清光緒十年（一八八四）。

會審公堂，即會審公廨，清末民初上海租界內的審判機關，由中外會審官會同審理租界內華人和外僑的互控案件。

32 指國民黨反動派誣蔑進步人士拿盧布，信俄國人的學說。「斯基」是俄國常見姓氏的詞尾。

33 指施蟄存。他在《現代》月刊第五卷第五期（一九三四年九月）發表的《我與文言文》中曾說：「我自有生以來三十年，除幼稚無知的時代以外，自信思想及言行都是一貫的。」

34 張勳（一八五四－一九二三）江西奉新人，北洋軍閥。原為清朝提督，民國成立後，他和所部官兵仍留著辮子，表示忠於清王朝。一九一七年十月一日他在北京扶持清廢帝溥儀復辟，七月十二日即告失敗。

35 錢謙益（一五八二－一六六四）字受之，號牧齋，常熟（今屬江蘇）人。明崇禎時任禮部侍郎。清軍占領南京時，他首先迎降，因此為人所鄙視。著有《初學集》、《有學集》等。《列朝詩集》是他選輯的明詩的總集，共六集，計八十一卷；鐵氏二女詩載閏集卷四中。

36 彭孫貽（一六一五－一六七三）字仲謀，號茗齋，浙江海鹽人。明代選貢生，明亡後閉門不出。著有《茗齋集》、《茗香堂史論》等。《茗齋集》是他的詩詞集，共二十三卷；所附《明詩鈔》共九卷，鐵氏長女詩載卷五中。

37 俞正燮在《除樂戶丐戶籍及女樂考附古事》一文中引永樂上諭後的小注說：「大芳有《希董集》，言妻張氏及女媳皆死於井，未就逮；書藏其家。又鐵公妻女亦以死殉，與此不同。

河南盧氏曹先生教澤碑文[1]

夫激蕩之會，利於乘時，勁風盤空，輕蓬振翮，故以豪傑稱一時者多矣，而品節卓異之士，蓋難得一。盧氏曹植甫先生名培元，幼承義方，長懷大願，秉性寬厚，立行貞明。躬居山曲，設校授徒，專心一志，啟迪後進，或有未諦，循循誘之，歷久不渝，惠流遐邇。又不泥古，為學日新，作時世之前驅，與童冠而俱邁。爰使舊鄉丕變，日見昭明，君子自強，永無意必[2]。而韜光里巷，處之怡然。此豈輇才小慧之徒之所能至哉。中華民國二十有三年秋，年屆七十，含和守素，篤行如初。門人敬仰，同心立表，冀彰潛德，亦報師恩云爾。銘曰：

華土奧衍，代生英賢，或居或作，歷四千年，文物有赫，峙於中天。海濤外薄，黃神徙倚[3]，巧黠因時，鶚槍鵲起[4]，然猶飄風[5]，終朝而已。卓哉先生，遺榮崇實，開拓新流，恢弘文術，誨人不倦，惟精惟一[6]。介立或有，恆久則難，敷教翊化，實邦之翰，敢契貞石，以勵後昆。

會稽後學魯迅謹撰。

【注釋】

1 本篇最初發表於一九三五年六月十五日北平《細流》雜誌第五、六期合刊，發表時題為《曹植甫先生教澤碑碑文》。《魯迅日記》一九三四年十一月二十九日：「午後為靖華之父作教澤碑文一篇成。」

2 語出《論語・子罕》：「子絕四：毋意、毋必、毋固、毋我。」

3 黃神，意為黃帝之神，原出《淮南子・覽冥訓》：「黃神嘯吟」。據漢代高誘注：「時無法度，黃帝之神傷道之衰，故嘯吟而長嘆也。」徙倚，徘徊不定的意思。

4 比喻乘時崛起。《莊子・逍遙遊》篇：「蜩與學鳩笑之曰：『我決起而飛，槍榆、枋；時則不至，而控於地而已矣，奚以之九萬里而南為？』……斥鴳（鷃）笑之曰：『彼且奚適也？我騰躍而上，不過數仞而下，翱翔蓬蒿之間，此亦飛之至也。』」《文選》謝朓《和伏武昌登孫權故城詩》李善注引《莊子》（佚文）：「鵲上高城之垝，而巢於高榆之顛；城壞巢折，陵風而起。故君子之居世也，得時則義行，失時則鵲起。」鷃、鵲都是小鳥；槍是飛躍的意思。

5 不會長久的意思，《老子》：「飄風不終朝」。

6 《尚書・大禹謨》：「人心惟危，道心惟微，惟精惟一，允執厥中。」

阿金[1]

近幾時我最討厭阿金。

她是一個女僕，上海叫娘姨，外國人叫阿媽，她的主人也正是外國人。

她有許多女朋友，天一晚，就陸續到她窗下來，「阿金，阿金！」的大聲的叫，這樣的一直到半夜。她又好像頗有幾個姘頭；她曾在後門口宣布她的主張：弗軋姘頭，到上海來做啥呢？……

不過這和我不相干。不幸的是她的主人家的後門，斜對著我的前門，所以「阿金，阿金！」的叫起來，我總受些影響，有時是文章做不下去了，有時竟會在稿子上寫一個「金」字。更不幸的是我的進出，必須從她家的曬臺下走過，而她大約是不喜歡走樓梯的，竹竿，木板，還有別的什麼，常常從曬臺上直摔下來，使我走過的時候必須十分小心，先看一看這位阿金可在曬臺上面，倘在，就得繞遠些。

自然，這是大半為了我的膽子小，看得自己的性命太值錢；但我們也得想一想她的主子是外國人，被打得頭破血出，固然不成問題，即使死了，開同鄉會，打電報也都沒有用的，——況且我想，我也未必能夠弄到開起同鄉會。

半夜以後，是別一種世界，還剩著白天脾氣是不行的。有一夜，已經三點半鐘了，我在譯一篇東西，還沒有睡覺。忽然聽得路上有人低聲的在叫誰，雖然聽不清楚，卻並不是叫阿金，當然也不是叫我。我想：這麼遲了，還有誰來叫誰呢？同時也站起來，推開樓窗去看去了，卻看見一個男人，望著阿金的繡閣的窗，站著。他沒有看見我。我自悔我的莽撞，正想關窗退回的時候，斜對面的小窗開處，已經現出阿金的上半身來，並且立刻看見了我，向那男人說了一句不知道什麼話，用手向我一指，又一揮，那男人便開大步跑掉了。

我很不舒服，好像是自己做了甚麼錯事似的，書譯不下去了，心裡想：以後總要少管閒事，要煉到泰山崩於前而色不變，炸彈落於側而身不移！……但在阿金，卻似乎毫不受什麼影響，因為她仍然嘻嘻哈哈。不過這是晚快邊才得到的結論，所以我真是負疚了小半夜和一整天。這時我很感激阿金的大度，但同時又討厭了她的大聲會議，嘻嘻哈哈了。

自有阿金以來，四圍的空氣也變得擾動了，她就有這麼大的力量。這種擾動，我的警告是毫無效驗的，她們連看也不對我看一看。有一回，鄰近的洋人說了幾句洋話，她們也不理；但那洋人就奔出來了，用腳向各人亂踢，她們這才逃散，會議也收了場。這踢的效力，大約保存了五六夜。

此後是照常的嚷嚷；而且擾動又廓張了開去，阿金和馬路對面一家煙飯店裡的老女人開始奮鬥了，還有男人相幫。她的聲音原是響亮的，這回就更加響亮，我覺得一定可以使二十間門面以外的人們聽見。不一會，就聚集了一大批人。論戰的將近結束的時候當然要提到「偷漢」之類，那老女人的話我沒有聽清楚，阿金的答覆是：「你這老×沒有人要！我可有人要呀！」

這恐怕是實情，看客似乎大抵對她表同情，「沒有人要」的老×戰敗了。這時踱來了一位洋巡捕，反背著兩手，看了一會，就來把看客們趕開；阿金趕緊迎上去，對他講了一連串的洋話。洋巡捕注意的聽完之後，微笑的說道：「我看你也不弱呀！」

他並不去捉老×，又反背著手，慢慢的踱過去了。這一場巷戰就算這樣的結束。但是，人間世的糾紛又並不能解決得這麼乾脆，那老×大約是也有一點勢力的。

第二天早晨，那離阿金家不遠的也是外國人家的西崽忽然向阿金家逃來。後面追著三個彪形大漢。西崽的小衫已被撕破，大約他被他們誘出外面，又給人堵住後門，退不回去，所以只好逃到他愛人這裡來了。愛人的肘腋之下，原是可以安身立命的，伊孛生（H·Ibsen）戲劇裡的彼爾·干德[2]，就是失敗之後，終於躲在愛人的裙邊，聽唱催眠歌的大人物。但我看阿金似乎比不上瑙威女子，她無情，也沒有魄力。獨有感覺是靈的，那男人剛要跑到的時候，她已經趕緊把後門關上了。那男人於是進了絕路，只得站住。

這好像也頗出於彪形大漢們的意料之外，顯得有些躊躕；但終於一同舉起拳頭，兩個是在他背脊和胸脯上一共給了三拳，彷彿也並不怎麼重，一個在他臉上打了一拳，卻使它立刻紅起來。這一場巷戰很神速，又在早晨，所以觀戰者也不多，勝敗兩軍，各自走散，世界又從此暫時和平了。然而我仍然不放心，因為我曾經聽人說過：所謂「和平」，不過是兩次戰爭之間的時日。

但是，過了幾天，阿金就不再看見了，我猜想是被她自己的主人所回覆。補了她的缺的是一個胖胖的，臉上很有些福相和雅氣的娘姨，已經二十多天，還很安靜，只叫了賣唱的兩個窮人唱過一回「奇葛隆冬強」的《十八摸》[3]之類，那是她用「自食其力」的餘閒，享點清福，誰也沒有話說的。只可惜那時又招集了一群男男女女，連阿金的愛人也在內，保不定什麼時候又會發生巷戰。但我卻也叨光聽到了男嗓子的上低音（barytone）的歌聲，覺得很自然，比絞死貓兒似的《毛毛雨》[4]要好得天差地遠。

阿金的相貌是極其平凡的。所謂平凡，就是很普通，很難記住，不到一個月，我就說不出她究竟是怎麼一副模樣來了。但是我還討厭她，想到「阿金」這兩個字就討厭；在鄰近鬧嚷一下當然不會成這麼深仇重怨，我的討厭她是因為不消幾日，她就搖動了我三十年來的信念和主張。

我一向不相信昭君出塞[5]會安漢，木蘭從軍[6]就可以保隋；也不信妲己亡殷[7]，西施沼吳[8]，楊妃亂唐[9]的那些古老話。我以為在男權社會裡，女人是決不會有這種大力量的，興亡的責任，都應該男的負。但向來的男性的作者，大抵將敗亡的大罪，推在女性身上，這真是一錢不值的沒有出息的男人。殊不料現在阿金卻以一個貌不出眾，才不驚人的娘姨，不用一個月，就在我眼前攪亂了四分之一裡，假使她是一個女王，或者是皇后，皇太后，那麼，其影響也就可以推見了：足夠鬧出大大的亂子來。

昔者孔子「五十而知天命」[10]，我卻為了區區一個阿金，連對於人事也從新疑惑起來了，雖然聖人和凡人不能相比，但也可見阿金的偉力，和我的滿不行。我不想將我的文章的退步，歸罪於阿金的嚷嚷，而且以上的一通議論，也很近於遷怒，但是，近幾時我最討厭阿金，彷彿她塞住了我的一條路，卻是的確的。

願阿金也不能算是中國女性的標本。

十二月二十一日。

【注釋】

1 本篇寫成時未能發表（參看本書《附記》），後發表於一九三六年二月二十日上海《海燕》月刊第二期。

2 挪威易卜生的詩劇《彼爾·干德》的主角，是一個想像豐富、意志薄弱的人物，最後在他愛人給他唱催眠曲時死去。

3 舊時流行的一種猥褻小調。

4 黎錦暉作的歌曲，曾流行於一九三〇年前後。

5 昭君，即王昭君，名嬙，漢元帝宮女。竟寧元年（前三三）被遣出塞「和親」，嫁與匈奴呼韓邪單於（見《漢書·匈奴傳》）。

6 北朝民間敘事詩《木蘭詩》中的故事，寫木蘭女扮男裝，代父從軍（見《樂府詩集・鼓角橫吹曲》）。

7 妲己，殷紂王的妃子，周武王滅殷時被殺。《史記・殷本紀》：「帝紂……好酒淫樂，嬖於婦人，愛妲己，妲己之言是從。」武王伐殷時，在《太誓》中有「今殷王紂乃用其婦人之言，自絕於天」等語，後來一些文人就把殷亡的責任歸罪於妲己。

8 西施，春秋時越國的美女。越王勾踐為吳所敗，把她獻給吳王夫差。後來吳王昏亂失政，破滅於越（見《吳越春秋》）。

「沼吳」，語出《左傳》哀西元年，當勾踐戰敗向吳求和時，伍員諫夫差拒和，不聽，伍員「退而告人曰：越十年生聚，而十年教訓，二十年之外，吳其為沼乎！」

9 楊妃，即唐玄宗的妃子楊玉環。她的堂兄楊國忠因她得寵而驕奢跋扈，敗壞朝政。天寶十四年（七五五）安祿山以誅國忠為名，起兵反唐，玄宗奔蜀，至馬嵬驛，將士殺國忠，玄宗令將楊妃縊死。

10 孔丘的話，見《論語・為政》。據朱熹《集注》：「天命，即天道之流行而賦於物者，乃事物所以當然之故也。」

論俗人應避雅人[1]

這是看了些雜誌，偶然想到的——濁世少見「雅人」，少有「韻事」。但是，沒有濁到徹底的時候，雅人卻也並非全沒有，不過因為「傷雅」的人們多，也累得他們「雅」不徹底了。

道學先生是躬行「仁恕」的，但遇見不仁不恕的人們，他就也不能仁恕。所以朱子是大賢，而做官的時候，不能不給無告的官妓吃板子[2]。新月社的作家們是最憎惡罵人的，但遇見罵人的人，就害得他們不能不罵[3]。林語堂先生是佩服「費厄潑賴」的[4]，但在杭州賞菊，遇見「口裡含一支蘇俄香煙，手裡夾一本什麼斯基的譯本」的青年，他就不能不「假作無精打彩，愁眉不展，憂國憂家」（詳見《論語》五十五期）的樣子[5]，面目全非了。

優良的人物，有時候是要靠別種人來比較，襯托的，例如上等與下等，好與壞，雅與俗，小器與大度之類。沒有別人，即無以顯出這一面之優，所謂「相反而實相成」[6]者，就是這。但又須別人湊趣，至少是知趣，即使不能幫閒，也至少不可說破，逼得好人們再也好不下去。例如曹孟德是「尚通侻」[7]的，但禰正平天天上門來罵他，他也只好生起氣來，送給黃祖去「借刀殺人」了[8]。

禰正平真是「咎由自取」。所謂「雅人」，原不是一天雅到晚的，即使睡的是珠羅帳，吃的是香稻米，但那根本的睡覺和吃飯，和俗人究竟也沒有什麼大不同；就是肚子裡盤算些掙錢固位之法，自然也不能絕無其事。但他的出眾之處，是在有時又忽然能夠「雅」。倘使揭穿了這謎底，便是所謂「殺風景」，也就是俗人，而且帶累了雅人，使他雅不下去，「不能免俗」了。若無此輩，何至於此呢？所以錯處總歸在俗人這方面。

譬如罷，有兩位知縣在這裡，他們自然都是整天的辦公事，審案子的，但如果其中之一，能夠偶然的去看梅花，那就要算是一位雅官，應該加以恭維，天地之間這才會有雅人，會有韻事。如果你不恭維，還可以；一皺眉，就俗；敢開玩笑，那就把好事情都攪壞了。然而世間也偏有狂夫俗子；記得在一部中國的什麼古「幽默」書裡[9]，有一首「輕薄子」詠知縣老爺公餘探梅的七絕——

紅帽哼兮黑帽呵，風流太守看梅花。
梅花低首開言道：小底梅花接老爺。

這真是惡作劇，將韻事鬧得一塌糊塗。而且他替梅花所說的話，也不合式，它這時應該一聲不響的，一說，就「傷雅」，會累得「老爺」不便再雅，只好立刻還俗，賞吃板子，至少是給一種什麼罪案的。為什麼呢？就因為你俗，再不能以雅道相處了。

小心謹慎的人，偶然遇見仁人君子或雅人學者時，倘不會幫閒湊趣，就須遠遠避開，愈遠愈妙。假如不然，即不免要碰著和他們口頭大不相同的臉孔和手段。晦氣的時候，還會弄到盧布學說[10]的老套，大吃其虧。只給你「口裡含一支蘇俄香煙，手裡夾一本什麼斯基的譯本」，倒還不打緊，——然而險矣。

大家都知道「賢者避世」[11]，我以為現在的俗人卻要避雅，這也是一種「明哲保身」。

十二月二十六日。

【注釋】

1 本篇最初發表於一九三五年三月二十日《太白》半月刊第二卷第一期，署名且。

2 即朱熹。他給官妓吃板子一事，見宋代周密《齊東野語》卷二十：「天臺營妓嚴蕊……色藝冠一時……唐與正守台日，酒邊嘗命賦紅白桃花……與正賞之雙縑……其後朱晦庵（按即朱熹）以使節行部至台，欲摭與正之罪，遂指其嘗與蕊為濫，繫獄月餘，蕊雖備受箠楚，而一語不及唐，然猶不免受杖，移籍紹興，且復就越置獄鞫之，久不得其情……於是再痛杖之，仍繫於獄。兩月之間，一再受杖，委頓幾死。」

3 指梁實秋等對作者的謾罵攻擊。梁實秋在發表於《新月》第二卷第八號（一九二九年十月）的〈「不滿於現狀」，便怎樣呢？〉一文中說：「有一種人，只是一味的『不滿於現狀』，今天說這裡有毛病，明天說那裡有毛病，有數不清的毛病，於是也有無窮盡的雜感，等到有些個人開了藥方，他格外的不滿：這一副藥太冷，那一副藥太熱，這一副藥太猛，那一副藥太慢，把所有的藥方都褒貶得一文不值，都挖苦得不留餘地，好像惟恐一旦現狀令他滿意起來，他就沒有雜感可作的樣子。」又說：「『不滿於現狀』，便怎樣呢？我們要的是積極的一個診斷，使得現狀漸趨（或突變）於良善。現狀如此之令人不滿，有心的人恐怕不忍得再專事嘲罵只圖一時口快筆快了罷？」參看《三閒集．新月社批評家的任務》。

4 林語堂（一八九五—一九七六）福建龍溪人，作家。早年留學美國德國，回國後任北京大學等校教授，三十年代在上海主編《論語》、《人間世》、《宇宙風》等雜誌，提倡所謂性靈幽默文學。「費厄潑賴」，英語Fairplay的音譯，意譯為公正的比賽，原為體育比賽和其他競技所用的術語，意思是光明正大的比賽，不要用不正當的手段。英國資產階級曾有人提倡將這種精神用於社會生活和黨派鬥爭。

一九二五年十二月，林語堂在《語絲》第五十七期發表《插論語絲的文體——穩健、罵人及費厄潑賴》一文，提倡所謂「費厄潑賴」精神。參看《墳·論「費厄潑賴」應該緩行》及其有關注釋。

5 林語堂在《論語》第五十五期（一九三四年十二月十六日）《遊杭再記》中說：「見有二青年，口裡含一支蘇俄香煙，手裡夾一本什麼斯基的譯本，於是防他們看見我『有閒』賞菊，又加一亡國罪狀，乃假作無精打采，愁眉不展，憂國憂家似的只是走錯路而並非在賞菊的樣子走出來。」

6 語出《漢書·藝文志》：「其言雖殊，譬猶水火，相滅亦相生也；仁之與義，敬之與和，相反而皆相成也。」

7 曹孟德（一五五—二二〇）曹操，字孟德，沛國譙縣（今安徽亳縣）人。東漢末官至丞相，封魏王，子曹丕稱帝後追尊為武帝。他處世待人，一般比較放達，不拘小節。通倪，即此意。

8 禰正平（一七三—一九八）即禰衡，字正平，平原般（今山東臨邑）人，漢末文學家。據《後漢書·禰衡傳》，禰衡屢次辱罵曹操，曹操想殺他而有所顧忌，就將他遣送與荊州刺史劉表；後因侮慢劉表又被送與江夏太守黃祖，終於為黃祖所殺。

9 清代倪鴻的《桐陰清話》卷一載有這首詩，其中「低首」作「忽地」。

10 指反動派誣蔑進步文化工作者受蘇俄收買，接受盧布津貼的謠言。參看《二心集·序言》。

11 孔丘的話，見《論語·憲問》。據朱熹《集注》，「避世」是「天下無道而隱」的意思。

附記

第一篇《關於中國的兩三件事》，是應日本的改造社之託而寫的，原是日文，即於是年三月，登在《改造》[1]上，改題為《火，王道，監獄》。記得中國北方，曾有一種期刊譯載過這三篇，但在南方，卻只有林語堂，邵洵美，章克標三位所主編的雜誌《人言》上，曾用這為攻擊作者之具，其詳見於《准風月談》的後記中，茲不贅。

《草鞋腳》是現代中國作家的短篇小說集，應伊羅生（H・Isaacs）[2]先生之託，由我和茅盾先生選出，他更加選擇，譯成英文的。但至今好像還沒有出版。

《答曹聚仁先生信》原是我們的私人通信，不料竟在《社會月報》[3]上登出來了，這一登可是禍事非小，我就成為「替楊村人氏打開場鑼鼓，誰說魯迅先生器量窄小呢」了。有八月三十一日《大晚報》副刊《火炬》[4]上的文章為證——

調和
——讀《社會月報》八月號

紹伯

「中國人是善於調和的民族」——這話我從前還不大相信，因為那時我年紀還輕，閱歷不到，我自己是不大肯調和的，我就以為別人也和我一樣的不肯調和。

這觀念後來也稍稍改正了。那是我有一個親戚，在我故鄉兩個軍閥的政權爭奪戰中做了犧牲，我那時對於某軍閥雖無好感，卻因親戚之故也感著一種同仇敵愾，及至後來兩軍閥到了上海又很快的調和了，彼此過從頗密，我不覺為之呆然，覺得我們親戚假使僅僅是為著他的「政友」而死，他真是白死了。

後來又聽得廣東A君告訴我，在兩廣戰爭後戰士們白骨在野碧血還腥的時候，兩軍主持的太太在香港寓樓時常一道打牌，親暱逾常，這更使我大徹大悟。

現在，我們更明白了，這是當然的事，不單是軍閥戰爭如此，帝國主義的分贓戰爭也作如是觀。老百姓整千整萬地做了炮灰，各國資本家卻可以聚首一堂舉著香檳相視而笑。什麼「軍閥主義」「民主主義」都成了騙人的話。

然而這是指那些軍閥資本家們「無原則的爭鬥」，若夫真理追求者的「有原則的爭鬥」應該不是這樣！

最近這幾年，青年們追隨著思想界的領袖們之後做了許多慘淡的努力，有的為著這還犧牲了寶貴的生命。個人的生命是可寶貴的，但一代的真理更可寶貴，生命犧牲了而真理昭然於天下，這死是值得的，就是不可以太打渾了水，把人家弄得不明不白。

後者的例子可求之於《社會月報》。這月刊真可以說是當今最完備的「雜」誌了。而最「雜」得有趣的是題為「大眾語特輯」的八月號。讀者試念念這一期的目錄罷，第一位打開場鑼鼓的是魯迅先生（關於大眾語的意見），而「壓軸子」的是《赤區歸來記》作者楊邨人氏。就是健忘的讀者想也記得魯迅先生和楊邨人氏有過不小的一點「原則上」的爭執罷。魯迅先生似乎還「噓」過楊邨人氏，然而他卻可以替楊邨人氏打開場鑼鼓，誰說魯迅先生器量窄小呢？

苦的只是讀者，讀了魯迅先生的信，我們知道「漢字和大眾不兩立」，我們知道應把「交通繁盛言語混雜的地方」的「『大眾語』的雛形，它的字彙和語法輸進窮鄉僻壤去」。我們知道「先驅者的任務」是在給大眾許多話「發表更明確的意思」，同時「明白更精確的意義」；我們知道現在所能實行的是以「進步的」思想寫「向大眾語去的作品」。但讀了最後楊邨人氏的文章，才知道向大眾去根本是一條死路，那裡在水災與敵人圍攻之下，破產無餘，……「維持已經困難，建設更不要空談。」還是「歸」到都會裡「來」揚起小資產階級文學之旗更靠得住。

於是，我們所得的知識前後相銷，昏昏沉沉，莫名其妙。

這恐怕也表示中國民族善於調和吧，但是太調和了，使人疑心思想上的爭鬥也漸漸沒有原則了。變成「戟門壩上的兒戲」了。照這樣的陣容看，有些人真死的不明不白。

關於開鑼以後「壓軸」以前的那些「中間作家」的文章，特別是大眾語問題的一些宏論，本想略抒鄙見，但這只好改日再談了。

關於這一案，我到十一月《答〈戲〉週刊編者信》裡，這才回答了幾句。

《門外文談》是用了「華圉」的筆名，向《自由談》[5]投稿的，每天登一節。但不知道為什麼，第一節被刪去了末一行，第十節開頭又被刪去了二百餘字，現仍補足，並用黑點為記。《不知肉味和不知水味》是寫給《太白》[6]的，登出來時，後半篇都不見了，我看這是「中央宣傳部書報檢查委員會」的政績。那時有人看了

《太白》上的這一篇，當面問我道：「你在說什麼呀？」現仍補足，並用黑點為記，使讀者可以知道我其實是在說什麼。

《中國人失掉自信力了嗎》也是寫給《太白》的。凡是對於求神拜佛，略有不敬之處，都被刪除，可見這時我們的「上峰」正在主張求神拜佛。現仍補足，並用黑點為記，聊以存一時之風尚耳。

《臉譜臆測》是寫給《生生月刊》[7]的，奉官諭：不准發表。我當初很覺得奇怪，待到領回原稿，看見用紅鉛筆打著槓子的處所，才明白原來是因為得罪了「第三種人」老爺們了。現仍加上黑槓子，以代紅槓子，且以警戒新作家。

《答〈戲〉週刊編者信》的末尾，是對於紹伯先生那篇〈調和〉的答覆。聽說當時我們有一位姓沈的「戰友」[8]看了就呵呵大笑道：「這老頭子又發牢騷了！」「頭子」而「老」，「牢騷」而「又」，恐怕真也滑稽得很。然而我自己，是認真的。

不過向《戲》週刊編者去「發牢騷」，別人也許會覺得奇怪。然而並不，因為編者之一是田漢[9]同志，而田漢同志也就是紹伯先生。

《中國文壇上的鬼魅》是寫給《現代中國》（China Today）的，不知由何人所譯，登在第一卷第五期，後來又由英文轉譯，載在德文和法文的《國際文學》上。

《病後雜談》是向《文學》[10]的投稿，共五段；待到四卷二號上登了出來時，只剩下第一段了。後有一位作家，根據了這一段評論我道：魯迅是贊成生病的。他竟毫不想到檢查官的刪削。可見文藝上的暗殺政策，有時也還有一些效力的。

《病後雜談之餘》也是向《文學》的投稿，但不知道為什麼，檢查官這回卻古裡古怪了，不說不准登，也不說可登，也不動貴手刪削，就是一個支支吾吾。發行人沒有法，來找我自己刪改了一些，然而聽說還是不行，終於由發行人執筆，檢查官動口，再刪一通，這才能在四卷三號上登出。題目必須改為《病後餘談》，小注「關於舒憤懣」這一句也不准有；改動的兩處，我都注在本文之下，刪掉的五處，則仍以黑點為記，讀者試一想這些諱忌，是會覺得很有趣的。只有不准說「言行一致」云云，也許莫明其妙，現在我應該指明，這是因為又觸犯了「第三種人」了。

《阿金》是寫給《漫畫生活》[11]的；然而不但不准登載，聽說還送到南京中央宣傳會裡去了。這真是不過一篇漫談，毫無深意，怎麼會惹出這樣大問題來的呢，自己總是參不透。後來索回原稿，先看見第一頁上有兩顆紫色印，一大一小，文曰「抽去」，大約小的是上海印，大的是首都印，然則必須「抽去」，已無疑義了。

再看下去，就又發現了許多紅槓子，現在改為黑槓，仍留在本文的旁邊。

看了槓子，有幾處是可以悟出道理來的。例如「主子是外國人」，「炸彈」，「巷戰」之類，自然也以不提為是。但是我總不懂為什麼不能說我死了「未必能夠弄到開起同鄉會」的緣由，莫非官意是以為我死了會開同鄉會的麼？

我們活在這樣的地方，我們活在這樣的時代。

一九三五年十二月三十日，編訖記。

【注釋】

1 日本的一種綜合性月刊，一九一九年創刊，一九五五年出至第三十六卷第二期停刊。日本東京改造出版社印行。

2 伊羅生，美國人，曾任上海出版的中英文合印的刊物《中國論壇》（每月發行一期或兩期）的編輯。

3 綜合性期刊，陳靈犀主編，一九三四年六月創刊，一九三五年九月停刊，上海社會出版社發行。

4 一九三二年二月十二日在上海創刊，創辦人張竹平。起初接受政學系的津貼，一九三五年為國民黨財閥孔祥熙收買，一九四九年五月二十五日停刊。副刊《火炬》由國民黨複興社特務崔萬秋編輯。

5 上海《申報》副刊之一，一九一一年八月創刊。原以刊載鴛鴦蝴蝶派作品為主，一九三二年十二月革新後，先後由黎烈文、張梓生主編。從一九三三年一月起，魯迅常在該刊發表文章。

6 小品文半月刊，陳望道主編，一九三四年九月二十日創刊，次年九月五日出至第二卷第十二期停刊，上海生活書店發行。

7 文藝雜誌，李輝英、朱菉園編輯，一九三五年二月創刊，只出一期，上海圖畫書局發行。

8 指沈端先，即夏衍，浙江杭州人，文學家、戲劇家，中國左翼作家聯盟領導人之一。

9 田漢（一八九八—一九六八）字壽昌，湖南長沙人，戲劇家，曾創辦話劇團體南國社，後為中國左翼戲劇家聯盟領導人之一。

10 月刊，先後由鄭振鐸、傅東華、王統照編輯，一九三三年七月創刊，一九三七年十一月停刊，上海生活書店發行。

11 刊載漫畫和雜文的月刊，吳朗西、黃士英等編輯，一九三四年九月創刊，上海美術生活雜誌社發行。

魯迅年表

一八八一年

九月二十五日（農曆八月初三日）出生於浙江省紹興府會稽縣東昌坊口周家。取名樟壽，字豫山，後改名樹人，字豫才；一九一八年發表小說《狂人日記》時始用筆名「魯迅」。

一八八七年　六歲

入家塾，從叔祖玉田讀書。

一八九二年　十一歲

入三味書屋私塾，從壽鏡吾先生讀書。

一八九三年　十二歲

秋，祖父周介孚因科場案入獄。魯迅被送往外婆家暫住，接觸了一些農民生活，與農民的孩子建立了純真的感情。

一八九四年　十三歲

春，回家，仍就讀於三味書屋。

冬，父周伯宜病重。為求醫買藥，常出入於當鋪、藥店。

一八九六年　十五歲

十月，父周伯宜病故，終年三十七歲。

一八九八年　十七歲

五月，往南京考入江南水師學堂求學。

十月，因不滿水師學堂的腐敗、守舊，改考入江南礦路學堂（全稱為「江南陸師學堂附設礦務鐵路學堂」）。魯迅這時受了康梁維新的影響，又讀到了《天演論》等譯著，開始接受進化論與民主思想。

一九〇一年　二十歲

繼續在礦路學堂求學。十一月，到青龍山煤礦實習。

一九〇二年　二十一歲

一月，從礦路學堂畢業。

四月，由江南督練公所派往日本留學，入東京弘文書院學習日語。

十一月，與許壽裳、陶成章等百餘人在東京組成浙江同鄉會，決定出版《浙江潮》月刊。課餘積極參加當時愛國志士的反清革命活動。

一九〇三年　二十二歲

三月，剪去髮辮，攝「斷髮照」，並題七絕詩〈靈台無計逃神矢〉一首於照片背後贈許壽裳。

六月，在《浙江潮》第五期發表〈斯巴達之魂〉與譯文〈哀聖〉（法國雨果的隨筆）。

十月，在《浙江潮》第八期發表〈說鍋〉與〈中國地質論〉。所譯法國凡爾納的科學小說《月界旅行》由東京進化社出版。

十二月，所譯凡爾納科學小說《地底旅行》第一、二回在《浙江潮》第十期發表，該書的全譯本後於一九〇六年由南京城新書局出版。

一九〇四年　二十三歲

四月，在弘文書院結業。

九月，入仙台醫學專門學校求學。魯迅後來在講到自己學醫的動機時說：「我的夢很美滿，預備卒業回來，救治像我父親般被誤的病人的疾苦，戰爭時候便去當軍醫，一面又促進了國人對於維新的信仰。」（《吶喊·自序》）

一九〇六年　二十五歲

一月，在看一部反映日俄戰爭的幻燈片時深受刺激：一個體格健壯的中國人被日軍指為俄探，砍頭示眾，而被殺者與圍觀的中國人卻都神情麻木，魯迅由此而感到要拯救中國，「醫學並非一件緊要事」，更重要的是「改變他們的精神」，於是決定棄醫從文，用文藝來改變國民精神。

三月，從仙台醫學專門學校退學，到東京開始從事文藝活動。

夏秋間，奉母命回紹興與山陰縣朱安女士完婚。婚後即返東京。

一九〇七年　二十六歲

夏，與許壽裳等籌辦文藝雜誌《新生》，未實現。

冬，作〈人之歷史〉、〈科學史教篇〉、〈文化偏至論〉、〈摩羅詩力說〉，都發表在河南留學生主辦的《河南》月刊上。

一九〇八年　二十七歲

加入反清秘密革命團體光復會（一說一九〇四年）。

繼續為《河南》月刊撰稿，著《破惡聲論》（未完），翻譯匈牙利籁息的《裴象飛詩論》。

夏，與許壽裳、錢玄同、周作人等請章太炎在民報社講解《說文解字》。

一九〇九年　二十八歲

三月，與周作人合譯《域外小說集》第一冊出版；七月，出版第二冊。

八月，結束日本留學生活，回國，任杭州浙江兩級師範學堂生理學、化學教員。

一九一〇年　二十九歲

九月，改任紹興府中學堂生物學教員及監學。授課之餘，開始輯錄唐以前的小說佚文（後彙成《古小說鉤沉》）及有關會稽的史地佚文（後彙成《會稽郡故書雜集》）。

一九一一年　三十歲

十月，辛亥革命爆發；十一月，杭州光復。為迎接紹興光復，魯迅曾率領學生武裝演說隊上街宣傳革命，散發傳單。紹興光復後，以王金發為首的紹興軍公政府委任魯迅為浙江山會初級師範學堂監督。

文言短篇小說《懷舊》作於本年。

一九一二年　三十一歲

一月三日，在《越鐸日報》創刊號上發表〈《越鐸》出世辭〉。

二月，辭去山會初級師範學堂監督職，應教育總長蔡元培邀請，到南京任教育部部員。

五月，隨臨時政府遷往北京，任教育部僉事與社會教育司第一科科長。

一九一三年　三十二歲

二月，發表《儗播布美術意見書》。

六月下旬，回紹興省母，八月上旬返京。
十月，校錄《稽康集》，並作〈稽康集·跋〉。

一九一四年　三十三歲

四月起，開始研究佛學。
十一月，輯《會稽故書雜集》成，並作序文。

一九一五年　三十四歲

九月一日，被教育部任命為通俗教育研究會小說股主任。
本年開始在公餘搜集、研究金石拓本，尤側重漢代、六朝的繪畫藝術。

一九一六年　三十五歲

公餘繼續研究金石拓本。
十二月，母六十壽，回紹興。次年一月回北京。

一九一七年　三十六歲

七月三日，因張勳復辟，憤而離職；亂平後，十六日回教育部工作。

一九一八年　三十七歲

四月二日，〈狂人日記〉寫成，這是我國新文學中的第一篇白話小說，發表於五月號《新青年》，始用「魯迅」的筆名。

七月二十日，作論文〈我之節烈觀〉，抨擊封建禮教，發表於八月出版的《新青年》。

九月開始，在《新青年》「隨感錄」欄陸續發表雜感。

冬，作小說《孔乙己》。

一九一九年　三十八歲

四月二十五日，作小說《藥》。

六月末或七月初，作小說《明天》。

八月十二日，在北京《國民公報》「寸鐵」欄用筆名「黃棘」發表短評四則。

八月十九日至九月九日，在《國民公報》「新文藝」欄以「神飛」為筆名，陸續發表總題為〈自言自語〉的散文詩七篇。

十月，作論文〈我們現在怎樣做父親〉。

十二月一日至二十九日，返紹興遷家，接母親、朱安和三弟建人至北京。

十二月一日，發表小說《一件小事》。

一九二〇年　三十九歲

八月五日，作小說《風波》。

八月十日，譯尼采《查拉圖斯特拉的序言》畢，發表於九月出版的《新潮》第二卷第五期。

本年秋開始兼任北京大學、北京高等師範學校講師。

一九二一年　四十歲

一月，作小說《故鄉》。

二、三月，重校《稽康集》。

十二月四日，所作小說《阿Q正傳》在北京《晨報副刊》開始連載，至次年二月二日載畢。

一九二二年　四十一歲

二月，發表雜文〈估《學衡》〉，再校《稽康集》。

五月，譯成愛羅先珂的童話劇《桃色的雲》，次年由上海商務印書館出版；與周建人、周作人合譯的《現代小說譯叢》，由上海商務印書館出版。

六月，作小說《白光》、《端午節》。

十一月，作歷史小說《不周山》（後改名《補天》）。

十二月，編成小說集《吶喊》，並作〈自序〉，次年由北京新潮社出版。

一九二三年　四十二歲

六月，與周作人合譯的《現代日本小說集》由上海商務印書館出版。
七月，與周作人關係破裂；八月二日租屋另住。
九月十七日開始，在北京世界語專門學校講授中國小說史，至一九二五年三月結束。
十二月，《中國小說史略》上冊由北京新潮社出版。
十二月二十六日，在北京女子師範大學講演，題為〈娜拉走後怎樣〉。
本年秋季起，除在北大、北師大兼任講師外，又兼任北京女子高等師範學校講師。

一九二四年　四十三歲

一月十七日，在北京師範大學作題為〈未有天才之前〉的講演。
二月作小說《祝福》、《在酒樓上》、《幸福的家庭》。
三月，作小說《肥皂》。
六月，《中國小說史略》下冊由北京新潮社出版。該書次年九月合成一冊由北京北新書局出版。
七月，應西北大學與陝西教育廳之邀，赴西安講學，講題為〈中國小說的歷史的變遷〉。
八月十二日返京。

九月開始寫〈秋夜〉等散文詩，後結集為散文詩集《野草》。
十月，譯畢日本廚川白村的《苦悶的象徵》。本年十二月由北京新潮社出版。
十一月十七日，《語絲》周刊創刊，魯迅為發起人與主要撰稿人之一。創刊號上刊出魯迅的雜文《論雷峰塔的倒掉》。

一九二五年　四十四歲

從一月十五日起，以〈忽然想到〉為總題，陸續作雜文十一篇，至六月十八日畢。
二月二十八日，作小說《長明燈》。
三月十八日，作小說《示眾》。
三月二十一日，作散文〈戰士與蒼蠅〉，對誣蔑孫中山先生的無恥之徒作了猛烈的抨擊。魯迅後來在《集外集拾遺·這是這麼一個意思》中談到這篇散文時說：「所謂戰士者，是指中山先生和民國元年前後殉國而反受奴才們譏笑糟蹋的先烈；蒼蠅則當然是指奴才們。」
五月一日，作小說《高老夫子》。
五月十二日，出席北京女子師範大學學生自治會召開的師生聯席會議，支持學生反對封建家長式統治的正義鬥爭。
八月十四日，被段祺瑞政府教育總長章士釗非法免除教育部僉事職。八月二十二日，魯迅向平政院投交控告章士釗的訴狀。次年一月十七日，魯迅勝訴，原免職之處分撤銷。

十月，作小說《孤獨者》、《傷逝》。

十一月，作小說《弟兄》、《離婚》。

十一月三日，編定一九二四年以前所作之雜文，書名《熱風》，本月由北京北新書局出版。

十二月，所譯日本廚川白村的文藝論集《出了象牙之塔》由北京未名社出版。

十二月二十九日，作論文〈論「費厄潑賴」應該緩行〉。

十二月三十一日，編定雜文集《華蓋集》，並作〈題記〉，次年六月由北京北新書局出版。

一九二六年　四十五歲

二月二十一日，開始寫作回憶散文〈狗．貓．鼠〉等，後結集為回憶散文集《朝花夕拾》，一九二八年九月由北京未名社出版。

三月十日，作《孫中山先生逝世後一周年》，頌揚孫中山先生的革命精神。

三月十八日，段祺瑞政府槍殺愛國請願學生的「三一八慘案」發生。為聲援愛國學生，揭露軍閥政府的暴行，魯迅陸續寫作了〈無花的薔薇之二〉、〈死地〉、〈紀念劉和珍君〉等雜文、散文多篇。因遭北洋軍閥政府通緝，曾被迫離寓至山本醫院、德國醫院等處避難十餘日。

八月一日，編《小說舊聞鈔》，作序言，當月由北京北新書局出版。

八月二十六日，應廈門大學邀請，赴任該校國文系教授兼國學研究院教授，啟程離北京。許廣平同車離京，赴廣州。

八月，小說集《徬徨》由北京北新書局出版。

九月四日，抵廈門大學。

十月十四日，編定雜文集《華蓋集續編》，並作〈小引〉，次年由北京北新書局出版。

十月三十日，編定論文與雜文合集《墳》，並作〈題記〉，次年三月由北京未名社出版。

十二月，因不滿於廈門大學的腐敗，決定接受中山大學的聘請，辭去廈門大學的職務。

十二月三十日，作歷史小說《奔月》。

一九二七年　四十六歲

一月十六日離廈門，十九日到廣州中山大學，出任該校文學系主任兼教務主任。

二月十八日，應邀赴香港講演，講題為〈無聲的中國〉和〈老調子已經唱完〉，二十日回廣州。

四月八日，在黃埔軍官學校講演，題為〈革命時代的文學〉。

四月十五日，為營救被捕的進步學生，參加中山大學系主任會議，無效，於二十九日提出辭職。

四月二十六日，編散文詩集《野草》成，作〈題辭〉。七月，該書由北京北新書局出版。

七月二十三日，應邀在廣州暑期學術講演會上發表題為〈魏晉風度及文章與藥及酒之關係〉的講演。

八月二十二日至二十四日，編《唐宋傳奇集》成，由北京北新書局在本年十二月及次年二月分上下冊出版。

九月二十七日，偕許廣平乘輪船離廣州，十月三日抵達上海，十月八日開始同居生活。

十二月十七日，《語絲》周刊被奉系軍閥封閉，由北京移至上海繼續出版，魯迅任主編，次年十一月辭去主編職。

十二月二十一日，應邀在上海暨南大學演講，題為〈文藝與政治的歧途〉。

一九二八年　四十七歲

二月十一日，譯日本板垣鷹穗的《近代美術思潮論》畢，次年由上海北新書局出版。

二月二十三日，作文藝評論《「醉眼」中的朦朧》。

四月三日，譯日本鶴見佑輔隨筆集《思想·山水·人物》畢，次年五月由上海北新書局出版。

六月二十日，與郁達夫合編的《奔流》月刊創刊。

十月，雜文集《而已集》由上海北新書局出版。

一九二九年　四十八歲

二月十四日，譯日本片上伸的論文《現代新興文學的諸問題》畢，並作〈小引〉，本年四月由上海大江書鋪出版。

四月二十二日，譯蘇聯盧那察爾斯基的論文集《藝術論》畢，並作〈小引〉，本年六月由上海大江書鋪出版。

四月二十六日，作〈《近代世界短篇小說集》小引〉。該書由魯迅、柔石等編譯，分兩冊，先後於本年四月、九月由上海朝花社出版。

五月十三日，離上海北上探親，十五日抵北平。在北平期間，先後應燕京大學、北京大學第二院、北平大學第二師範學院等院校之邀講演。六月三日啟程南返，五日抵滬。

八月十六日，譯蘇聯盧那察爾斯基的論文集《文藝與批評》畢，本年十月由上海水沫書店出版。

九月二十七日，子海嬰出生。

十二月四日，應上海暨南大學之邀，前往講演，題為〈離騷與反離騷〉。

一九三〇年　四十九歲

一月一日，《萌芽月刊》創刊，魯迅為主編人之一。

二月八日，《文藝研究》創刊，魯迅主編，並作〈《文藝研究》例言〉。這個刊物僅出一期。

二月至三月間，先後在中華藝術大學、大夏大學、中國公學分院作演講，共四次，題目分別為〈繪畫漫論〉、〈美術上的現實主義問題〉、〈象牙塔與蝸牛廬〉和〈美的認識〉。

三月二日，中國左翼作家聯盟（簡稱「左聯」）成立，在成立大會上發表〈對於左翼作家聯盟的意見〉的演講，並被選為執行委員。

三月十九日，得知被政府通緝的消息，離寓暫避，至四月十九日。

五月八日，譯完蘇聯普列漢諾夫《藝術論》，並為之作序，本年七月由上海光華書局出版。

八月三十日，譯蘇聯阿．雅各武萊夫小說《十月》成，並作後記，一九三三年二月由上海神州國光社出版。

九月二十五日為魯迅五十壽辰（虛歲）。文藝界人士十七日舉行慶祝會，魯迅出席。

九月二十七日，編德國版畫家梅斐爾德的《士敏土之圖》畫集成，並為之作序。次年二月以三閒書屋名義自費印行。

十一月二十五日，修訂《中國小說史略》畢，並作〈題記〉。修訂本次年七月由上海北新書局出版。

十二月二十六日，譯成蘇聯法捷耶夫的小說《毀滅》，次年九月由上海大江書鋪出版，十月以三閒書屋名義再版。

一九三一年　五十歲

一月二十日，因「左聯」五位青年作家被捕而離寓暫避，二十八日回寓。五位青年作家遇難後，魯迅在「左聯」內部刊物上撰文，並為美國《新群眾》雜誌作〈黑暗中國的文藝界的現狀〉。

四月一日，校閱孫用譯匈牙利裴多菲的長詩〈勇敢的約翰〉畢，並為之作〈校後記〉。

七月二十日，校閱李蘭譯美國馬克·吐溫的小說《夏娃日記》畢，並於九月二十七日為之作〈小引〉。

九月二十一日，就「九一八」事變，發表《答文藝新聞社問》，揭露日本帝國主義的侵略野心。

十二月二十七日，作文藝評論《答北斗雜誌社問》。

一九三二年　五十一歲

一月三十日，因「一二八」戰事，寓所受戰火威脅而離寓暫避，三月十九日返寓。

二月三日，與茅盾、郁達夫等共同簽署《上海文化界告全世界書》，抗議日本帝國主義的侵華暴行。

四月二十四日，雜文集《三閒集》編成，並作序，本年九月由上海北新書局出版。

四月二十六日，雜文集《二心集》編成，並作序，本年十月由上海合眾書店出版。

九月，編集與曹靖華等合譯的蘇聯短篇小說兩冊，一冊名《豎琴》，另一冊名《一天的工作》，各作〈前記〉與〈後記〉，二書均於一九三三年由上海良友圖書公司出版。一九三六年再版時合為一冊，改名為《蘇聯作家二十人集》。
十月十日，作文藝評論《論「第三種人」》。
十月二十五日，作文藝評論《為「連環圖畫」辯護》。
十一月九日，因母病北上探親，十三日抵北平。在北平期間，先後應北京大學第二院、輔仁大學、女子文理學院、北京師範大學與中國大學之邀前往講演，講題分別為〈幫忙文學與幫閒文學〉、〈今春的兩種感想〉、〈革命文學與遵命文學〉、〈再論「第三種人」〉和〈文力與武力〉。三十日返抵上海。
十二月十四日，作《〈自選集〉自序》。《魯迅自選集》於次年三月由上海天馬書店出版。
十二月十六日，編定《兩地書》（魯迅與許廣平的通信集）並作序，次年四月由上海北新書局以「青光書局」名義出版。
十二月，與柳亞子等聯名發表《中國著作家為中蘇復交致蘇聯電》。

一九三三年　五十二歲

一月六日，出席中國民權保障同盟臨時執行委員會會議，被推舉為上海分會執行委員。
二月七、八日，作散文〈為了忘卻的紀念〉。

二月十七日，在宋慶齡寓所參加歡迎英國作家蕭伯納的午餐會。
三月二十二日，作〈英譯本《短篇小說選集》自序〉。
五月十三日，與宋慶齡、楊杏佛等赴上海德國領事館，遞交《為德國法西斯壓迫民權摧殘文化的抗議書》。
五月十六日，作雜文〈天上地下〉。
六月二十六日，作雜文〈華德保粹優劣論〉。
六月二十八日，作雜文〈華德焚書異同論〉。
七月十九日，雜文集《偽自由書》編定，作〈前記〉，三十日作〈後記〉，本年十月由上海北新書局以「青光書局」名義出版。
七月七日，與美國黑人詩人休斯會晤。
八月二十七日，作文藝評論《小品文的危機》。
九月三日，世界反對帝國主義戰爭委員會在上海召開遠東會議，魯迅被推選為主席團名譽主席，但未能出席會議。
十二月二十五日，為葛琴的小說集《總退卻》作序。
十二月三十一日，雜文集《南腔北調集》編定，並作〈題記〉，次年三月由上海聯華書局以「同文書局」名義出版。

一九三四年　五十三歲

一月二十日，為所編蘇聯版畫集《引玉集》作〈後記〉，本年三月以「三閒書屋」

名義自費印行。

三月十日，編定雜文集《準風月談》作〈前記〉，十月二十七日作〈後記〉，本年十二月由上海聯華書局以「興中書局」名義出版。

三月二十三日，作《答國際文學社問》。

五月二日，作文藝評論《論「舊形式的採用」》。

六月四日，作雜文〈拾來主義〉。

七月十八日，編定中國木刻選集《木刻紀程》並作〈小引〉，本年八月由鐵木藝術社印行。

八月一日，作散文〈憶劉半農君〉。

八月九日，編《譯文》月刊創刊號，任第一至第三期主編，並作〈《譯文》創刊前記〉。

八月十七至二十日，作論文〈門外文談〉。

八月，作歷史小說《非攻》。

十一月二十一日，為英文月刊作雜文〈中國文壇上的鬼魅〉。

十二月二十日，編定《集外集》，作序言。本書次年五月由群眾圖書公司出版。

一九三五年　五十四歲

一月一日至十二日，譯成蘇聯班台萊夫的兒童小說《錶》，本年七月由上海生活書店出版。

二月十五日，著手翻譯俄國果戈里的小說《死魂靈》第一部，十月六日譯畢，本年十一月由上海文化生活出版社出版。

二月二十日，《中國新文學大系·小說二集》編選畢，並為之作序。本年七月由上海良友圖書印刷公司出版。

三月二十八日，作〈田軍作《八月的鄉村》序〉。

四月二十九日，為日本改造社用日文寫《在現代中國的孔夫子》。

六月十日起陸續作以〈題未定草〉為總題的雜文，至十二月十九日止，共八篇。

八月八日，為所譯高爾基《俄羅斯的童話》作〈小引〉，該書十月由上海文化出版社出版。

十一月十四日，作〈蕭紅作《生死場》序〉。

十一月二十九日，作歷史小說《理水》畢。

十二月二日，作文藝評論《雜談小品文》。

十二月，作歷史小說《采薇》、《出關》、《起死》；與前作《補天》、《奔月》、《鑄劍》、《理水》、《非攻》一起彙編成《故事新編》，本月二十六日作序，次年一月由上海文化生活出版社出版。

十二月三十日，作《且介亭雜文》序及附記，十二月三十一日，作《且介亭雜文二集》序及後記；本月還曾著手編《集外集拾遺》，因病中止。

一九三六年　五十五歲

一月二十八日，《凱綏．珂勒惠支版畫選集》編定，並作〈序目〉，本年五月自費以三閒書屋名義印行。

二月二十三日，為日本改造社用日文寫《我要騙人》。

三月二日，肺病轉重，量體重，僅三十七公斤。

三月下旬，扶病作〈《海上述林》上卷序言〉，四月底，作〈《海上述林》下卷序言〉。該書署「諸夏懷霜社教印」，上卷於本年五月出版，下卷於本年十月出版。

四月十六日，作雜文《三月的租界》。

六月九日，作《答托洛斯基派的信》。

八月三日至五日，作《答徐懋庸並關於抗日統一戰線問題》。

九月五日，作散文〈死〉。

十月八日，往青年會參觀第二次全國木刻流動展覽會，並與青年木刻藝術家座談。

十月九日，作散文〈關於太炎先生二三事〉。

十月十七日，執筆寫作一生中最後的一篇作品《因太炎先生而想起的二三事》，未完篇輟筆。

十月十九日晨三時半，病勢劇變，延至五時二十五分病逝於上海。

魯迅雜文精選：10

且介亭雜文【經典新版】

作者：魯迅
發行人：陳曉林
出版所：風雲時代出版股份有限公司
地址：10576台北市民生東路五段178號7樓之3
電話：(02) 2756-0949
傳真：(02) 2765-3799
執行主編：朱墨菲
美術設計：吳宗潔
行銷企劃：林安莉
業務總監：張瑋鳳

初版日期：2022年11月
ISBN：978-626-7153-35-2

風雲書網：http://www.eastbooks.com.tw
官方部落格：http://eastbooks.pixnet.net/blog
Facebook：http://www.facebook.com/h7560949
E-mail：h7560949@ms15.hinet.net
劃撥帳號：12043291
戶名：風雲時代出版股份有限公司

風雲發行所：33373桃園市龜山區公西村2鄰復興街304巷96號
電話：(03) 318-1378
傳真：(03) 318-1378
法律顧問：永然法律事務所 李永然律師
北辰著作權事務所 蕭雄淋律師

行政院新聞局局版台業字第3595號 營利事業統一編號22759935

定價：320元

國家圖書館出版品預行編目資料

且介亭雜文 / 魯迅著. -- 初版. -- 臺北市：風雲時代出版股份有限公司, 2022.10
面； 公分. -- (魯迅雜文精選 ; 10)

ISBN 978-626-7153-35-2 (平裝)

855 111012765